Adolf Friedrich Graf von Schack

Das Jahr Eintausend

Ein dramatisches Gedicht

Adolf Friedrich Graf von Schack

Das Jahr Eintausend
Ein dramatisches Gedicht

ISBN/EAN: 9783743677135

Hergestellt in Europa, USA, Kanada, Australien, Japan

Cover: Foto ©Andreas Hilbeck / pixelio.de

Weitere Bücher finden Sie auf **www.hansebooks.com**

Das Jahr Eintausend.

Ein dramatisches Gedicht

von

Adolf Friedrich Graf von Schack.

Stuttgart 1892.
Verlag der J. G. Cotta'schen Buchhandlung
Nachfolger.

Personen.

Sylvester II.
Maximus, Herr von Tibur.
Cäcilia, seine Tochter.
Hilario, ihr Bräutigam.
Brigitta, ihre Freundin.
Benedict, Abt von Subiaco.
Alethes, Abt des Klosters zum Paraclet.
Bruno.
Rufus, Lehrer der Klosterschule in Tibur.
Lelius, in Diensten des Maximus.
Crescentius, der jüngere, Herr von Rom.
Otho, sein Freund.
Abu Zohar, ein zum Islam übergetretener Christ.
Cajus, in Diensten des Crescentius.
Cyrillus, } Klosterschüler.
Calixtus, }
Nicomedes, ein Mönch.
Kanzler des Maximus.
Hirte.
Klosterschüler, Normannische Krieger, Araber, Barbaren des Nordens, Römer, Weiber, Henker.
Chor der vier Evangelisten.

Erste Scene.

Ein offener Klosterhof in Tibur, hinten der Eingang der Klosterschule.

Erster Schüler.

Lange genug schon im Klostersaale,
In dem uns die dumpfe Luft fast erstickt,
Ueber dem Psalmbuch, dem Missale
Sind in Schlummer wir eingenickt.
Vom Turme kündet das Glockengeläut:
Es ist das fröhliche Pfingstfest heut.

Zweiter Schüler.

Nicht mit Singen von Litaneien
Laßt uns den köstlichen Morgen entweihen.
Her mit den Kreiseln, den Schlägeln, den Bällen.

Dritter Schüler.

Treibt immerhin euer kindisches Spiel!
Doch ihr kommt mit mir! Seht, zu den Kapellen
Dort oben tragen beim Klange der Schellen
Maultierzüge der Gläubigen viel,
Während andre von ihnen zur Buße
Langsam aufwärts keuchen zu Fuße.
Laßt zieh'n uns mit ihnen!

Vierter Schüler.
Geh, laß dir das Ohr
Nur betäuben durch Kreischen und Plärren!
Gefallen wirst du dadurch dem Herren,
Aber den Menschen erscheinst du ein Thor.

Dritter Schüler.
Gott preis' ich, daß ich wie du nicht bin,
Ruchloser! Zieh lieber nach Rom doch hin,
Von wo sie den heiligen Vater vertrieben
Und wo auf den Hügeln allen sieben,
Statt die Vigilien zu singen, die Hora,
Die Heil'gen und Jesus Christus sie lästern.
Gott verderbe die Rotte Kora!

Fünfter Schüler.
Nun, mancherlei, und nicht bloß seit gestern,
Wird von diesem Gerbert erzählt,
Den als Sylvester zum Papst sie erwählt.
Sie sagen, daß er der Antichrist,
Ein Schüler Mahom's und Heide ist.
Am Anio, wo mit schäumenden Wellen
Hinunter donnern die Cascatellen,
In altem, halbzerfall'nem Gebäu
Birgt er sich vor den Menschen scheu.
Kaum einer darf dem Bau sich nah'n,
Und die Krieger, die Wache dort halten,
Erzählen, daß sie grause Gestalten
Bei Nacht um die Mauern schweben sah'n.
Doch sieh! Bald können wir mehr erfahren!
Am Felsen, wenn du nach unten blickst,
Siehst du Cyrillus und Calixt.
Seit Abend mit noch andern Scholaren
Haben sie in den Felsenrissen
Drunten am Anio sich versteckt

Und in das Schloß zu späh'n sich beflissen.
Gegrüßt, ihr Beiden! Nun, laßt uns wissen,
Was ihr dort unten habt entdeckt.

Cyrillus und Calixtus treten auf.

Fünfter Schüler.

Eu'r Auge starrt irr, ihr schaut so bleich,
Als kämt ihr hervor aus dem Totenreich.

Calixtus.

Gelobt sei'n alle guten Geister!
Uns schauert vor dem noch, was wir sah'n.
Mit rotem Gewande angethan
Saß Gerbert, der greise Hexenmeister.
Wir sahen's genau bei der Fackel Glanz,
Die drinnen glomm mit trübem Schein.
Hin an allen den Säulenreih'n
Um ihn schwangen in wirrem Tanz
Sich Basilisken, aus gierigen Rachen
Feuer speiend, Molche und Drachen.
Riesige Schnecken mit mächt'gem Gehäuse
Krochen inmitten von zischenden Nattern,
Und ungeheure Fledermäuse
Sah ich in Lüften dazwischen flattern.

Cyrillus.

Und Christi heiliger Stellvertreter,
Statt im Dome von Sankt Peter,
Lenkte, indessen Haufen Bezechter
In wildem Tanz hinab und empor
Sich schwangen unter wüstem Gelächter,
Mit dem Taktstock den teuflischen Chor.

Calixtus.

Ich barg das Haupt vor Schrecken und Grauen.
Dann, als von Neuem hineinzuschauen

Ich wagte, umgewandelt fand
Ich Alles. Inmitten des Saales stand
Vor Sylvester ein steinernes Haupt,
Man hätte, daß es lebe, geglaubt.
Ich schaute, wie es bewegte die Lippen,
Aber nicht verstand ich den Klang,
Der sich von seinem Munde rang.
Wer sollt' ihn versteh'n? Mit den Totengerippen,
Die schon seit Jahrtausenden ruh'n,
Ist wohl begraben die Sprache nun,
Die es geredet. In krausen Zeichen,
Vielgewundnen, die keinen gleichen,
So viele man sonst auf Erden kennt,
Und wie einzig am Firmament
In Sternschrift vielleicht sie geschrieben steh'n,
Ist sie dort an den Säulen zu seh'n.
Toledo fern im Lande der Mohren,
Wo einst der Satan selber regiert,
Hat früher Sylvester zum Wohnort erkoren,
Und die magischen Künste studiert.
Und doch, hinweg mit Läst'rung und Spott!
Mir ist nach dem, was ich schaute, bei Gott
Als sei ich ein Andrer. Wie ich den Alten
Inmitten all der geheimnisvollen
Bilder und Pergamente und Rollen,
Und ringsum all die Wundergestalten
Gewahrte, ging durch Geist und Sinn
Geheimnisvoller Schauer mir hin.
Mir war, als ständ' ich andachtsstumm
Vor einem großen Mysterium.

    Mehrere Schüler.

Was da erzählt ihr für tolle Mären?
Ein Rausch wohl hat euch im Kopfe gespuckt,

Als in den Turm ihr hineingeguckt.
So läßt die Fabelei sich erklären.

(Während des Folgenden zerstreuen sich die Schüler.)
Bruno und Rufus treten auf.

Bruno.

Mein Rufus, wie ich dich wiedersehe,
Ist mir, als kehrte in deiner Nähe
Der alte Friede, das alte Glück,
Die lange geschwunden, mir zurück.

Rufus.

Wärst du doch nie dem früheren Lehrer,
Der fruchtlos zu halten dich suchte, entfloh'n!
Sage, ein Platz so traulich, wo wär' er,
Wie unser altes Tibur, Sohn?
Noch alle erkennen dich, die mit dem Knaben
Einst gespielt, da sie selber noch Kind;
Sie freuen sich, dich wieder zu haben,
Nun sie erblüht zu Jünglingen sind.
So nimm denn, wie einst du in der Schule
Mit ihnen gesessen auf der Bank,
Jetzt deinen Platz auf dem Lehrerstuhle;
Ich weiß es dir, mein Bruno, Dank.

Bruno.

Mein Teurer, noch ist die Kraft dir frisch;
Noch der Geschlechter nach dem zweiten
Wirst du ein drittes vorüberschreiten
Dir sehen, und verschwenderisch
Die Enkel mit der Weisheit Lehren,
Der Dichter ewigen Liedern nähren,
Und beim Gebrause der Anio=Flut
Den Takt von Flaccus Strophen messen,
Wie er's that auf seinem Sabinergut.
Mich aber, geliebter Rufus, indessen

Du friedlich hier weilst, in die Stadt der Städte
Treibt's mich, die gebeugte Mutter der Welt,
Die kaum das Haupt noch aufrecht hält;
Gewandert bin ich seit der Abendspäte.

Rufus.

Ruh aus! Der Weg ist weit und lang,
Müde mußt du sein von dem Gang.
Denn daher durch wildgezackte
Berge führt von Subiaco der Pfad,
Wo oft vor dem Herbst schon, gleich dem Sorakte,
In Schnee sich gehüllt das Gebirge hat.
Hier stärk' dich am Wein, den beim Winzerfest
Im letzten Herbste die Kelter gepreßt.
Erst wenn die Traube mit ihren reifen
Beeren den Durst dir hat gestillt,
Die jetzt der Blüte noch kaum entschwillt,
Darfst wieder zum Wanderstabe du greifen.

Bruno.

Wohl kann ich in deiner Gastlichkeit Schatten
Einige Tage der Rast mir gestatten;
Dann wieder geziemt mir aufzubrechen,
Da Subiaco's Abt Benedict
Geheim mit Botschaft nach Rom mich schickt.

Rufus.

Komm näher, damit wir leiser sprechen!
Ist's wahr, was man in Tibur sagt?
Hält, seit die Römer Sylvester verjagt,
Der dort die Herde der Gläub'gen behütet,
Der Abt es mit ihnen und brütet
Höher den Aufruhr zu entfachen,
Daß, wie zur Zeit der Scipionen und Gracchen,
Hoch von des Kapitoles Zinnen
Von neuem wehen der Freiheit Fahnen?

Bruno.

Ja! Und läßt sich Höh'res ersinnen?
Neu erstehen die hohen Ahnen.
Schon seh ich im Geist empor aus dem Grabe
Die Enkel des Romulus sich raffen,
Die Via triumphalis von Waffen
Starren und mit dem Feldherrnstabe
Aemilius Paulus auf der Quadrige
Von vier feurigen Rennern gezogen,
Durch des Volkes gedrängte Wogen
Hinzieh'n zur Feier seiner Siege.

Rufus.

Du sprichst ja, als wärst du Heide geworden
Statt Mönch im Benediktinerorden.

Bruno.

Treu meinem Glauben bin ich geblieben;
Doch wenn man, in ihre Werke versenkt,
Der Thaten der großen Alten gedenkt,
Sprich, Rufus, wie sollte man sie nicht lieben?

Rufus.

Mein Guter, noch wenig vom Leben erfahren
Hast du, juble zu früh mir nicht!
Hängen noch wird sich mit den Jahren
An deine Flügel ein Bleigewicht!
Und hier, damit dich's nicht gereut,
Uebe Vorsicht im Reden schon heut.
Maximus, ein Mann, du weißt es,
Edlen Geschlechtes und kühnen Geistes,
Waltet in Tibur fast als Herr;
Beschützer des Papstes Sylvester ist er.
Hüte vor ihm dich! Kommt's ihm zu Ohren,
Wie du denkst, so bist du verloren.

Bruno.

Längst dich hätt' ich gebeten um Kunde
Von dem, der von dir genannt da ward;
Doch die Frage ist auf dem Munde
Mir, eh' ich sie ausgesprochen, erstarrt.
So herrisch war dieser Maximus,
So stolz, daß kaum emporzuschau'n,
Wenn vorüber er schritt, ich mich mochte getrau'n,
Daß noch, sein denkend, ich beben muß.

Rufus.

Seinem Töchterchen — hehl' es mir nicht! —
So lieber sahst du in's Angesicht.
Noch denk ich, mein Bruno, wie oft ich geschaut,
Wenn ertönte der Glocken Laut,
Und Morgens zur Messe die Kinder gingen,
Wie zagend du standest am Kirchenthor.
Erst wagtest du kaum die Blicke empor
Zu heben; aber wenn durch's Portal
Die Andern vorbei dir gingen im Chor
Und den heiligen Choral
Begannen auf den Knieen zu singen,
Nach zog es dich ihnen; die Blicke dreister
Erhobst du, und immer auf die Eine,
Die kleine Madonna im Heiligenscheine,
Auf Cäcilia sahst du.

Bruno.

Ja, Meister.
Doch den Laut auf die Lippe bannte
Mir Zagen; umsonst, daß ich mich ermannte;
So wie meine Blicke auf ihren,
Ihre auf meinen ließ ruhen sie.
Doch ob die Erinn'rung an mich verlieren
Sie mochte, ich vergaß sie nie.

O, wenn mir der Himmel auch nicht vergönnte
Mit ihr zu reden, wenn stumm ich könnte
Fernher nur schau'n, wie bem holden Kind
Den Schleier vom Antlitz lüftet der Wind,
Hoch jubeln würde mir Herz und Geist.

Rufus.

Wohlan, mein Bruno, das schönste Los
Fällt aus den Wolken dir in den Schoß.
Von Stadt zu Städten das Land durchreist
Maximus, um Genossen zu werben,
Daß sie mit ihm dies Rom verderben.
So zu Cäcilia kann ich dich führen,
Die seit lange mir schenkt Vertrauen.
Zwar bewacht sind des Schlosses Thüren,
Drin sie wohnt, von Dienern und Frauen;
Doch Alle sind dem Gebieter nicht hold,
Der tyrannisch für kargen Sold
Wie Sklaven sie knechtet. Ob immerdar
Ein zärtlicher Vater auch Maximus war,
Voll Stolz auf sein altes Patrizierblut,
Doch hält er Cäcilia in strenger Hut,
Sie dünkt ihn für jeden Freier zu gut.
Sie nun läßt oft zu sich mich bitten,
Daß ihr mein Plaubern erheit're ben Sinn.
Und leicht von ihrer Begleiterin,
Die mir verwandt ist, von Brigitten,
Kannst du zu ihr dich führen lassen.

Bruno.

Wär's möglich! Noch kann ich das Glück nicht fassen.

Rufus.

Doch Vorsicht! Er hat viele Clienten.
Und wenn auch, daß sie dich erkennten.

Zu fürchten nicht ist, doch sich'rer sage
Ich Bescheid zuvor erst am Tage
Der alten Brigitte. Zum Schloß dich geleiten
Dann werd' ich, wenn nächtliche Schatten sich breiten.

Bruno.

O Theurer, von Wonnen allzuvoll,
Als daß ich sie faßte, sind deine Worte;
Noch frag' ich, ob die verschloss'ne Pforte
Des Himmels ich wirklich durchschreiten soll.

Zweite Scene.

Ein Gartensaal.
Brigitta und Cäcilia.

Brigitta.
Hier ist er, Herrin. Ein und abermals
Betheur' ich's! Hier ist Bruno.

Cäcilia.
       Wohl im Traum
Erschienen ist er dir, der immer schon
In wachen Visionen mich umschwebt.
Dem hoffend und verzagend fort und fort ich
Fruchtlos in allen Räumen nachgeforscht,
Hier sollt' er sein?

Brigitta.
    Als sicher, glaub', erfuhr ich's;
Bald wird er kommen.

Cäcilia.
      O, so geh, der Rosen,
Der Lilien schönste, die im Garten prangen,
Laß sich um Wände hier und Säulen winden,
Daß, wenn sie ihren Blütenkelch erschließen,
Mit süßen Düften Bruno sie empfangen.
Horch! Tritte hör' ich und mit jedem zittert
Mein Herz.

Brigitta.

Noch kommt er nicht; erst tiefer muß
Die Nacht die Erde decken. Denn, Cäcilia,
Vergiß nicht, wenn des Hauses Diener alle
Dir zugethan sind und dich nicht verrathen,
Zu beinem Vater steh'n von Tiburs Bürgern
Die meisten doch, und wenn auf seinem Pfad
Zu dir sie Bruno säh'n, weh dir! weh ihm!

Cäcilia.

Im Sturm der Wetternacht blüht schöner noch
Die Rose auf. Willkommen sei mir denn!
Gewiegt von allen Himmelsstürmen steig'
Hernieder, traute Juninacht, und deck' uns
Mit beiner Wolken tiefster Schicht, indes
Sein Herz hochklopfend an dem meinen schlägt.

Brigitta.

Ich weiß: obgleich von ferne nur sein Blick
Dich einst gestreift, kein Klang von seinem Mund
Zu beinem Ohr noch drang, doch fort und fort
Gelebt hat er in dir, und seit er fern,
Herüber, süße Zwiesprach mit dir haltend,
Zu dir geschwebt ist seine Seele oft.
Allein du hörst nicht, so in Träumerei
Versunken bist du plötzlich.

Cäcilia.

Nein, es ist
Zu überherrlich, ist zu göttlich schön,
Als daß es Wahrheit könnte sein. Und wenn
Nun plötzlich wie ein Schaumgebild zerronnen
All das zusammenbräche, wenn ich nun,
Die in der Sel'gen höchsten Himmel schon
Ich mich entrückt sah, mich in Abgrundtiefen

Geschmettert sähe, wo der letzte Lichtstrahl
In Nacht erstürbe, es zu denken ist
Zehnfacher Tod. Brigitta, schwöre mir,
Daß Bruno hier ist, daß du selbst ihn sahst,
Aus seinem Munde hörtest, daß er kommt.

Brigitta.

Rufus, der Lehrer seiner Kindheit, sah ihn,
Der seit dem ersten Stammeln jedem Laut
Vom Mund des Knaben lauschte, bis dann voll
Wie Widerhall von seiner eignen Rede
Er von des Jünglings Lippen scholl. Was mehr
Willst du? Von fernher durch den Lindengang
Seh ich ihn kommen.

Cäcilia.

    Ja, er ist es! Fassung!
Was beb' ich so bei seinem Näherkommen?

<small>Rufus und Bruno treten auf.</small>

Rufus.

Da, Herrin, bring' ich meinen Schützling dir.
Empfang' ihn freundlich! Bruno, nicht so schüchtern!
Begrüß Cäcilia!

Bruno.

   Vergib mir, Herrin,
Wenn Scheu die Worte noch im Mund mir bannt.
Nur bang von ferne zu dir hinzuschau'n
Wagt' ich vordem, und damals warst du Kind noch,
Die, voll erblüht, als Königin der Frauen,
Du jetzt vor mir dastehst.

Cäcilia.

    O, glaub mir, Bruno,
Als Freund, wie keiner so vertraut auf Erden
Mir ist, kommst du zu mir. Jedwede Stunde,
Seit jener ersten, als in der Kapelle

Mein Blick zu dir hinüber heimlich schweifte,
Ist leisen Fußes die Erinnerung
An dich, o Theurer, mir vorangeschritten.
Im Widerhalle aus den kühlen Grotten
Und von der Hügel Wand zurückgebrochen,
Vernahm ich deiner Tritte Fall. Hier muß er
Geschritten sein, dacht' ich, und leichte Spuren
Glaubt' ich dem Boden eingedrückt zu seh'n.
Da deinen Namen rief ich in die Lüfte,
Und von den Felsen scholl er mir zurück
Und von der Bäume Stämmen. Aber dich,
Dich selbst rief ich umsonst. Da senkte sich
Gleich der Maremmen schwülem Fieberdunst
Verzweiflung über mich, und bis in's Mark
Des Herzens schlich mir Siechthum. Heil, Maria, daß
So vieler qualburchwachter Nächte Fleh'n
Du mir erhört, und mir den Langerharrten
Hierher geführt. — Da, laß in meiner Hand
Die deine ruhen, daß an meine klopfend
Sie mir verkünde: Traum nicht sei's, nein, daß
Dich selbst ich vor mir sehe.

     Bruno.
      Hohe Herrin!
Den Dank für so viel Huld, den stammeln nicht
Die Zunge kann, in feur'gem Kusse laß
Auf deine Hand ihn meine Lippen drücken.

     Rufus.
Nicht läng'res Bleiben ziemt uns; komm, Brigitta.
Nur unsre Herzen dürfen, nicht wir selbst,
Bei dieser Beiden Wonne Zeugen sein.
    (**Rufus** und **Brigitta** ab.)
    Bruno (niederknieend).
So auf den Knieen bir zu Füßen danken
Dir laß mich, daß des Lebens gold'nen Becher,

Mit Seligkeit bis an den Rand gefüllt,
Du mir kredenzt durch deine süßen Worte.
Cäcilia.
Nicht so! Steh auf, mein holder Freund, und laß mich
In deiner Augen Tiefe schauen, daß
Ich deine Seele darin schweben sehe,
Wie in den Wolken einen Regenbogen.
So! Hell durch's Dunkel leuchtet sie und weiter
Hinaus in's Unermeßliche, stets weiter
Seh ich sich immer neue Bogen spannen.
Bruno.
Cäcilia! Zum ersten Male laß
Mich diesen Namen sprechen. Wie der Klang
Des Westwinds, der durch Frühlingslauben säuselt
Und Perlen Thaues von den Blüten schüttelt,
Ertönt er mir. Nur über ihn zu sinnen,
Ihn hinzuhauchen in die weiche Luft
Der Maiennacht, wenn Erd' und Himmel trunken
Von Düften sind, ist Wonne schon. Doch wie
Nun seine Trägerin, die göttliche,
Zu der nur aufzuschau'n ich kaum gewagt,
Zu mir sich nieder neigt, wie kann ich's tragen?
Muß im Entzückungssturm ich nicht vergeh'n?
Cäcilia.
Die Quellen, o mein Bruno, frage, die
Dies Thal durchrauschen, ob ich deinen Namen
Sie stammeln nicht gelehrt, die Blumen frag',
Ob ich ihn nicht in ihren Kelch gehaucht,
Bis er von süßern Düften überquoll.
Bruno.
So mild, du Holde, redest du zu mir,
Daß jeder Kleinmut von mir weicht; doch sprich,
Wie anders kann ich's wagen, als in Demuth

Zu dir emporzuschau'n, der Herrlichen,
Der hohen Herrschertochter?

Cäcilia.

Was ist hoch,
Und was gering? Wälzt jede Schranke nicht,
Die Herz vom Herzen trennt, wie Wettersturm,
Der aus den Wolken bricht, die Liebe nieder? —
Wohl insgeheim beklemmt mir ein Gedanke
Die Brust. Mein Vater, stolz auf sein Geschlecht,
Das er durch Latiums alte Königsreihe
In Trojas Fabelzeit hinaufführt, will
Nur einem mich vermählen, dessen Stamm
Dem seinen gleichsteht, und so liebevoll
Er sonst von je mir war, erzittern müßt' ich
Vor seinem Grimm, wenn kund ihm würde, daß
Von dem, den er für mich bestimmt, den Blick
Auf einen anderen ich lenkte.

Bruno.

Fort!
Hinweg von dir für immer! In der Brust
Empor mir zischt's wie Nattern beim Gedanken:
Du eines andern Braut!

Cäcilia.

Bruno, nicht so!
Eh'r tausend Tode stürb' ich, als daß dem ich,
Den nicht mein Herz erwählt, zum Altar folgte.
Auch wisse, fern in Kaiser Ottos Dienst
Im Norden ist Hilario, und mein Vater
Kehrt nicht vor Mondesfrist. Bis dahin wird
Ein lichter Weg in diesem Dunkel sich
Für uns erschließen, der in sonn'ge Fernen
Vereint uns führt. Und diese erste Nacht,
Die uns zu himmlischer Entzückung winkt,
Trüb' uns die Sorge um die nächste nicht.

Bruno.

Vergieb, Geliebte, wenn Verzweiflung jäh
Mich übermannte, und mir von den Lippen
In wilden Worten floß. Erkenn' an ihr
Des Herzens Liebe, die mit ihren Strömen
Seit Jahren all mein Denken, Fühlen tränkte.
So schnell besänftigt, wie empor ich flammte,
Dem Knaben, der ein Unrecht einsieht, gleich,
Fleh' ich zu dir, straf mich, wie du nur willst,
Ich trag' es lächelnd.

Cäcilia.

In die Laube hier,
Geliebter, komm. Sanft auf dem Rasensitz
Dort ruht es sich. So! Haupt an Haupt gelehnt
Laß schlürfen uns der Nachtviolen Duft,
Wenn, Muth im Dunkel fassend, nach und nach
Sie sich erschließen.

Bruno.

Blieb es immer Nacht,
Vom Glanz der Sterne droben sanft erhellt,
Daß so ich dir zur Seite ruhen könnte,
Und bei des Mondes Schein, der über mir
Hernieder durch die Blätter zitterte,
Das Spiel der Lichter und der Schatten ich
Dir über's Antlitz gleiten sähe, während
Dein Lockenhaar, vom Winde leicht bewegt,
In langen Ringeln sich um Stirne mir
Und Arme wände.

Cäcilia.

Aber, Theurer, hör!
Hin durch die Lüfte geht ein höh'res Rauschen,
Wie es voran dem Wettersturme zieht.

Bruno.

Des Anio Brausen ist es, das der Wind
Durch's nächt'ge Schweigen fortträgt. Laß es uns
Mit unsrer Herzen Klopfen übertönen.

Cäcilia.

O Freund! und wär's ein Wettersturm, wie oft
Er in den Bergen der Sabiner wütet,
An deiner Seite trotzen würd' ich ihm.
Schon in der Kindheit war ein frohes Spiel
Mir die Gefahr auf steilen Felsenhöh'n,
Wenn bröckelnd unter mir die Steine wichen,
Und Sturz in grause Tiefe jeder Schritt
Mir drohte.

Bruno.

Schlinge fester, Vielgeliebte,
Um mich den Arm, denn im Getümmel schon
Hinwogen finst're Wolken über uns.
Von Ostia flattern mit Gekrächz die Möven,
Wie Sterne, die verirrt sich, durch die Nacht.
Aus dem Gemäuer uns zu Häupten werfen
Leuchtkäfer irren Schimmer über uns.
War in den Gärten der Cäsaren je,
Des Palatin Palästen, solch ein Fest?

Dritte Scene.

Platz auf dem römischen Forum am Abhang des Capitols.
Crescentius, der Jüngere, Otho.

Crescentius.
Laß, Otho, länger auf dem Pfühl
Nicht träg' uns gleich den andern Römern träumen,
Wenn an der Volskerberge Säumen
Das Frühlicht aufsteigt! Wie vom Meer dort kühl
Der Wind herweht! Noch von den Nächten
In der Erinnerung fühl ich, dumpf und schwer,
Als wallte um mich ein Dämonenheer,
Mein Haupt umkreist. Noch von den Knechten
Der Knechte Gottes, den Gregoren, den Sylvestern,
Die des Apostels Stuhl noch gestern
Geschändet, ist der Schatten kaum entschwebt.
Gegrüßt, o gold'nes Licht, das sie begräbt!
Seitdem die Männer mit der braunen Kutte
Entfloh'n, steigt herrlich wieder aus dem Schutte
Das alte Rom.' Auf Hügeln und im Thal,
Vom Aventin bis zum Quirinal
Erheben auf den öden Foren
Die Tempel sich mit ihren Säulenthoren
Und ihren Hallen, drin in langen
Festreihen Götter und Heroen prangen!

Otho.
Wohl dein Gefühl, Crescentius, theil ich.
Wer ist in unf'rer Mitte, dem nicht heilig

Des Alterthumes große Tage wären,
Und theuer nicht der Weisheit Lehren,
Die noch in halberlosch'nen Lettern
Geschrieben steh'n auf alter Rollen Blättern?
Doch viele Arbeit noch ist aufzubieten,
Daß sich die alte Hauptstadt der Quiriten
In früherm Glanze mag erneuen.
Sieh, wie am Fuß des Capitoles da,
Wo halb der Tempel der Concordia
Noch ragt, die breitgehörnten Ochsen wiederkäuen.
Hier diese Felder weithin öb und stumm,
Bedeckt mit Schutt und Steingerölle;
Durch sie, statt an Elysium,
Sah ich gemahnt mich an die Hölle.
O schöne Zeit, die nichts uns wiederbringt,
Denk ich, wenn über mir vom Sturm zernagt
Empor noch eine Dorersäule ragt,
Um deren Schaft sich eine Natter schlingt!
Erst wenn das Unkraut, das ringsum
Die Straßen deckt und Plätze, ausgereutet,
Wird gleich der Schlange, die sich häutet,
In Glanz dasteh'n das alte Quirium.

Crescentius.

Hast Recht! Zum Wirken und zum Handeln
Ist weit das Feld uns aufgethan,
Und herrlich winkt der Sieg am Ziel der Bahn,
Den Tod in Leben umzuwandeln.
Die Schuld, die schon jahrhundertlang die blutbeträuften
Imperatoren, Päpste häuften,
Zu sühnen, welch ein Riesenwerk!

Otho.

       Mag, Freund,
Die Jugendkraft uns ewig währen,
Die beiden uns noch jetzt die Locken bräunt.

Auch wünsch' ich, daß mit weisen Lehren
Sich in des Eichenwaldes Schatten
An ihrer uralt heil'gen Quelle
Egeria, die Nymphe, dir geselle,
So wie dem Numa! Leichter wird von Statten
Das Werk dir gehn, wenn du von ihrem Munde
Vernimmst der alten Zeiten Kunde,
Wenn sie dir gönnt der Weisheit Schätze,
Die später wurden Roms Gesetze,
Da die Dezemvirn eingegraben
Sie in die eh'rnen Tafeln haben.
Fehlt dir ihr Rat, fürwahr, so zag' ich;
Daß du zu Schweres unternommen, sag' ich.

Crescentius.

Du bist und bleibst der alte Spötter.
Allein ich baue auf die Götter.

Otho.

Die alten Götter! Nun fürwahr,
Du willst im Tempel am Altar
Des Zeus, des Phöbus Weihrauch streu'n,
Indessen auf der Tempel Schutte
Zerknirschte Sünder in der Kutte
Den Rücken mit der Geißel sich zerbläu'n?

Crescentius.

Seit früher Zeit bin ich dir Freund;
Vereint hat uns derselbe Mittagstisch,
Dieselbe Sonne uns die Haut gebräunt;
Für all das Gute, das verschwenderisch
Du mir geboten, diese Spötterei'n,
Von je an sie gewöhnt, will ich verzeih'n.
Herziehen auf der Appia
Mit Schaufeln, Hacken und mit Beilen
Arbeiterschaaren sieh und ringshin sich vertheilen.

Ihr Singen tönt von fern und nah,
Indessen unter ihren Spaten
Mit Kunden von der Väter Thaten
Die Steine steigen, drauf in Epitaphen
Der Ahnen hohe Namen prangen.
Schau hin, wie sich vom Tiberhafen
Bis an den Viminal die langen
Steinplatten ziehn, die vom Pentele
Und aus Carrara durch die Machtbefehle
Des Freistaats an des Stromes Borden,
Dies Rom zu schmücken, ausgeladen worden.
O Schmach, daß seit dem Wüthen der Vandalen,
Der Hunnen halb versteckt im Schlamm sie liegen.
Nun bald zu neuen Prachtgebäuden fügen
Sich sollen sie, davor auf Piedestalen
Die Marmorbilder, die dem Schutt entstiegen,
Mit ihrem Schönheitsreiz Entzücken
Der Seele bieten sollen, wie den Blicken.

<small>Cajus tritt auf, eine Reihe Gefangener herbeiführend.</small>

Cajus.

Crescentius! Von wilden Rotten,
Die frevelnd der Gesetze spotten,
Ward nächtlich die Flaminia
Vom Capitol zum Pincius verwüstet.
Unholde, steht ihr noch so trotzig da?
Recht wär's, daß all ihr mit dem Tode büßtet.

Crescentius.

Verruchte, ja das sollt ihr! Allgesammt
Hiermit seid ihr zum Henkertod verdammt.
Du, Cajus, mit den andern Mannen
In langer Reihe führe sie von bannen.
Und ihr, sucht nicht, daß ihr mein Mitleid weckt.
Schau'n will ich selbst, wie man den Spruch an euch
         vollstreckt,

Und mir die Zeit soll es verkürzen
Zu seh'n, wie von Tarpejas Felsen sie euch stürzen.
(Alle ab.)
Bruno, Cäcilia, Rufus treten auf.

Rufus.
Glück auf! Die Flucht gelang!

Cäcilia.
Noch immer klopft das Herz mir bang.
Auf allen Straßen, an allen Ecken
Sah ich sich Hände nach uns strecken.
Indessen hinter uns schreckenvoll
Das Rufen der Verfolger scholl.

Bruno.
Sei ruhig, Kind, in dir nur erklangen
Die Rufe, die dich erfüllt mit Bangen.
Nicht einer hat uns verfolgt. Still lagen
Die Gassen Tiburs, als vor Tagen
Wir floh'n in der dritten Morgenstunde.
Das Bellen nur der Campagnahunde,
Die bis in's Sankt Lorenzothor
Uns verfolgten, scholl an dein Ohr.

Rufus.
Um so lauter ist es hier innen.
Noch fühl' ich Schwindel in allen Sinnen
Von dem Gelärm auf Straßen und Plätzen.
Als jüngst durch Tibur die Judenhetzen
Hintobten, war nicht das Lärmen so wild.

Bruno.
Doch hier laß fahren, Cäcilia, dein Bangen!
Denn nur fernher, wie es wogt und schwillt,
Tönt hier das Toben. Zu Häupten uns hangen,
Wie zitternd vor ihrem eigenen Fall,
Die Säulen und Mauern und Bogen all,

Der ungeheuern Trümmerstätte,
Durch die nur mühsam in sein Bette
Der alte Tiber den Weg noch findet.

Rufus.

Dort, wo der Fluß um den Berg sich windet,
Der sich aus Scherben aufgebaut,
Weiß ich ein Häuschen still und traut,
Das gewiß uns freundlich empfängt.
Indes ich den Herrn zu suchen gehe,
Weilt ihr in der Halle dort in der Nähe.
(**Rufus** ab.)

Cäcilia.

Mein Bruno, die Angst, die mich bedrängt,
Entweicht von mir. Zusammengeschnürt,
Eh' du mich, Theurer, von bannen geführt,
Hat Sorge bei jedem Atemzug
Den Busen mir und zagend schlug
Mein Herz. Nicht konnt' ich die Angst ersticken,
Den Vater würd' ich plötzlich erblicken,
Wie er, nach Tibur zurückgekehrt,
Uns beide bedrohte mit dem Schwert.
Hier, wenn auch kein Obdach wir finden,
Als in den düsteren Irrgewinden
Der Gräber, die, oft hast du's erzählt,
Unterm Boden sich weithin strecken,
Doch haben ein beſſ'res Los wir erwählt,
Als ehmals dort. Vom Schlummer wecken
Nun wird mich an jedem Morgen dein Kuß,
Und wieder am Abend in Schlaf mich wiegen.

Bruno.

Siehst du das Säulenhäuschen liegen,
Das zierliche dort am alten Fluß?

Das wird uns zur traulichen Rast empfangen.
Doch sieh, nachdem er kaum gegangen,
Kehrt Rufus zurück.

Rufus tritt mit **Otho** auf.

Rufus (zu Bruno und Cäcilia).

Das Glück sei gepriesen,
Das diesen hier auf dem Weg mir gewiesen.

Otho.

Gewiß ist's, Crescentius, nach dem ihr gefragt,
Kommt hierher, denn seit es tagt
Bis wieder es nachtet, wird er nicht satt,
Zu weilen auf dieser Trümmerstatt.
Mit den Schatten der Alten mehr
Als mit den Lebenden hat er Verkehr.

Bruno.

Unser Glück, Cäcilia, preise,
Daß gleich ich erreiche das Ziel der Reise.
Ihr seid dem Crescentius vertraut, wie's scheint?

Otho.

Vertraut? Ja, je nachdem Ihr's meint.
Seit der Kindheit war ich bis jetzt
Mit ihm vereinigt; geliebt und geschätzt
Ihn hab' ich wie keinen. Doch all mein Denken
Wie er, in die Welt der Toten versenken
Nicht kann ich. Das lebende Geschlecht
Und nicht die Verstorb'nen haben Recht.
Wohl wissen wir, daß in grauen Jahren
Schon wackere Leute auf Erden waren,
Und daß viel Großes in Rom geschah;
Aber der Name Res publica
Ist doch gewiß kein Schiboleth,
Daß diese von Neuem aufersteht.

Bruno.

Nicht denk' ich wie Ihr; seitdem ich jung,
Erfüllt schon hat mich Begeisterung
Für alle die Thaten unserer Ahnen,
Die hier geschwungen der Freiheit Fahnen.
So hoff' ich, daß Ihr mir vergönnt,
Die junge Freiheit hier jubelnd zu grüßen.

Otho.

Bald, fürcht' ich, wird Rom es bitter büßen,
Daß es von Kaiser und Papst sich getrennt.
Als gestern ich Nachts gen Himmel schaute,
Der über dem Capitol hier blaute,
Schien's mir, daß in den Sternen ich las:
Vanitatum vanitas. —
Doch drüben schreitet Crescentius vorbei.
Tritt mit mir zu ihm und rede frei!

Bruno.

Ich komme. Cäcilia, du indessen
Ruh' hier im Schatten der Cypressen!

(Rufus führt Cäcilia nach der Seite.)
Crescentius tritt auf.

Otho (zu Crescentius).

Ein Schreiben von Subiacos Abt
Hat dieser junge Mann Euch zu reichen.

Crescentius.

Willkommen! Lang nicht Nachricht gehabt
Hab' ich von dem Wackern. Kaum seines Gleichen
Gibt's in der Aebte und Bischöfe Reihe,
Auf ihm ruht die echte Priesterweihe.
Nun laßt mich des Schreibens Inhalt kennen!

(Er liest den Brief.)
Willkomm'ne Botschaft! Der Brief thut mir kund,
Daß Alle, die Söhne Subiacos sich nennen,

Von Liebe für Recht und Freiheit brennen;
Und selber leitet der Abt den Bund.
Willkommen, Bruno! Im Schreiben preist
Der Abt dich hoch! Der Freiheit sei'st
Du zugethan mit ganzer Seele.
So, welche Gunst du wünschest, wähle,
Ich will sie erfüllen.

Bruno.
Nicht um Verleihung
Von Aemtern bitt' ich. Mit Geistes Waffen
Und mit dem Arm für die Befreiung
Der ew'gen Stadt zu wirken, zu schaffen,
Das ist mein Begehren.

Crescentius.
Wohl, schon heut,
Wenn die Gelegenheit sich beut,
Kannst du dich erproben. Doch fernher gekommen
Bist du und was dir irgend kann frommen,
Eine Wohnung, wie was sonst nötig,
Dir zu schaffen, bin gern ich erbötig.

Bruno.
Groß ist deine Huld!

Crescentius.
Wohl, rede offen!

Bruno.
Scheu hält auf den Lippen das Wort mir zurück.

Crescentius.
Wohlan, du sollst es preisen als Glück,
Daß gleich nach der Ankunft du mich getroffen.

Bruno.
So wisse, Herr, wir kommen zu Drei'n:
Ein junges, geliebtes Weib ist mein

Und ein Freund, wie keinen treuern
Es giebt. Mit diesen beiden Theuern
Ein Obdach such' ich. Sei klein auch und eng
Die Hütte, wenn in dem wüsten Gedräng
Sie Zuflucht und Schutz gewährt,
Ist Alles erfüllt mir, was ich begehrt.
Crescentius.
Recht hast du; von Frevlern, die der Gesetze
Spotten, sind voll die Straßen und Plätze.
Die Adelsbanden, hier in den Resten
Von Römerbauten verschanzt wie in Vesten,
Bekämpfen sich von Palast zu Palästen,
Die Savelle, Colonna, Orsine —
Genug nun! Dir zum Wohnsitz diene
Unfern von hier ein kleines Gebäude.
Zwischen wucherndem Gestäube
Verborgen liegt's auf dem Palatine.
Rings zwischen stachlichen Aloen versteckt,
Schwer wird es von einem Auge entdeckt.
Zudem vor der Banden nächtlichem Wüten
Hier laß ich die ganze Gegend behüten.
Alsbald soll Otho dahin euch leiten.
Erst aber berichte, was ward dir kund
Auf dem Herweg!
Rufus (herantretend).
Wohl weißt du, ein Bund,
Der Verderben uns soll bereiten,
Ward mit dem Kaiser als würd'gem Genossen
Von des Papstes Anhängern geschlossen.
Doch während herab von den Alpen zum Tiber
Sich die Heere der Deutschen wälzen,
Scheint es, träumt Gerbert in tollem Fieber
Von der Kunst Metalle zu schmelzen.
Um ihn an den Wänden steh'n bronzene Köpfe,
Die in Reden die Zukunft verkünden,

Und rings an den Mauern grause Geschöpfe,
Die ausseh'n wie fleischgewordene Sünden,
Gleich jenen, die mit den Töchtern Loth
Begangen, eh nach des Herrn Gebot
Mit Sodom das tote Meer sie verschlungen.
Sylvester, so flüstern die bösen Zungen,
War lang bei den Heiden in Tolet,
Woher er die schwarze Kunst versteht.

Bruno.

Das, guter Rufus, sind Kindergeschichten,
Auch zeigt dein Lächeln, du glaubst sie mit nichten.

Rufus.

Ich berichte nur, Herr, was die Knaben
In Tibur behaupten gesehen zu haben.

Crescentius.

In's Haus am Palatin mit dem Garten
Nun geht zu ruh'n, und laßt uns erwarten,
Ob unser Freistaat in Rauch und Dunst
Sich löst durch Gerberts Zauberkunst.

Otho (zu Cäcilia).

Nun in der Cäsaren Gärten hinaus
Laßt, edle Frau, mich Euch geleiten.
Da, wo von des Nero goldenem Haus
Sich noch die bröckelnden Trümmer breiten,
Seht Ihr hervor dort aus den Trümmern
Die weißen zierlichen Säulen schimmern.
Mit dem Gatten und Freund die Villa
Sollt Ihr bewohnen in traulicher Stille!
Da sind wir schon. In die Halle tretet!
Und mögen die Götter, zu denen ihr betet,
Sei'n sie nun Heilige oder Laren,
Huldvoll Euch vor Unheil bewahren!

Vierte Scene.

Auf dem Schlosse des Maximus in Tibur.

Maximus, Hilario, Brigitta und mehrere Diener.

Maximus.
Sie ist entfloh'n! Das Haus und sie zu hüten
War euch vertraut. Ihr sollt es büßen, Frevler.

Brigitta.
Gebieter, Schuld nicht bin ich; wohl behütet
Hab' ich dein Kind, den besten deiner Schätze.

Ein Diener.
Und daß Brigitten treu wir beigestanden,
Der Himmel weiß es.

Brigitta.
    Unversehns bei Nacht
Verschwunden war Cäcilia; der Rauch
Des Herds, der in der Luft vergeht, mehr Spuren
Läßt er zurück.

Maximus.
    Schwör' mir, daß wahr du sprichst.
Erst jüngste Nacht floh sie?

Brigitta.
    Beim ew'gen Gott
Schwör' ich's!

Hilario.
Fort eil' ich. Boten, blitzbeschwingt,
Sie einzuholen, soll man ringshin senden!

Maximus.
Eilt! fliegt! Auch Lelius zu mir herbeschieden
Hab' ich. Doch sieh, er kommt.

Lelius (auftretend).
Herr, du befiehlst?

Maximus.
Ruf alles, was an Reiterei und Fußvolk
Nur Tibur in sich faßt! Nach Rom, nach Rom!
Nicht fruchtlos hab' ich mich gemüht. Heran
Unwiderstehlich rückt von beiden Meeren
Heer neben Heer zur Siebenhügelstadt.
Und bang in ihres nahen Sturzes Ahnung
Erzittern ihre Mauern.

Lelius.
Schon vom Wiehern
Und Hufgestampf der Rosse dröhnt das Land.
Noch heut aufbrechen soll die Schaar!

Hilario.
Und ich mit ihr!

Maximus.
Vor alle Thore ziehen wir! Die ersten,
Die sie zu Boden wälzen, laßt uns sein!
Du, Lelius, dies Tibur mußt indes
Du hüten, daß nicht Aufruhr hier entbrenne,
Denn lang geglommen hat er in's geheim.

Lelius.
Herr, dein Vasall bin ich. Doch kann es sein,
Gib Macht mir, wider dieses Rom zu zieh'n!
Blutgier'gen Doggen gleich zerfleischen soll
Mein Kriegsschwarm diese wüsten Rotten, die
Die heil'ge Stadt mit ihrem Hauch verpesten.

Maximus.
Es darf nicht sein. Hier hält dich fest dein Amt.

Lelius.
Ja, Herr, wohl weiß ich es, Sylvesters selbst,
Des Papstes, seit er Rom verlassen, hat
Der wilde Geist des Abfalls sich bemächtigt.
Man flüstert, ganz des Wahnsinns Beute sei er
Und wolle nichts vom Christenglauben wissen.
Die alten Mären all, daß bei den Heiden
Die Schwarzkunst er gelernt, erwachen neu.
Und viele sagen, daß des Aufruhrs Geist
Allhin er schüre, um die Fahne Mahoms
Im Mittelpunkt der Christenheit zu pflanzen.

Maximus.
Das mögen andre glauben! Doch Vertrau'n
Dem Alten schenk' ich nicht. Hilario, nun
Sprich du, was du erlebt hast und erwirkt.
Kurz wohl erzähltest du's, doch kaum vernahm ich's.

Hilario.
Weit mit der kleinen Schaar Begleiter drang
Ich vor, bis wo in Eis die Donau starrt.
Und dicht sich wälzen sah ich her von Norden,
Wo, lange ist's nicht, vor dem Radegast
Die Obotriten noch, vor ihrem Wodan
Die Sachsen knieten, ungeheure Heere.
Durch's Thor der Alpen kommen sie gesprengt,
Und Po nicht wird, noch Apennin sie hemmen,
Daß vor den Thoren Roms nicht bald sie steh'n.

Maximus.
Genug! Vor Nacht noch zieh dahin mit mir.

Hilario.
Den Sturmwind möcht' ich mir als Renner zäumen,
Um mich dorthin zu tragen, denn dort muß
Cäcilia weilen, Alles tröge sonst.

Fünfte Scene.

Halle in einem verfallenen Gemäuer; durch einen Fensterbogen Aussicht auf die Wasserstürze des Anio.

Sylvester, Abu Zohar.

Sylvester.
Tritt näher, Abu Zohar, immer kaum
Noch kann ich trauen meinen Sinnen.
Wird nicht gleich einem Morgentraum
Dein Bild vor meinem Blick zerrinnen?

Abu Zohar.
Die Kluft des Raumes und der Zeit,
Die uns so lang getrennt, ist weit.
Doch wiederseh'n dich mußt' ich, seit den langen Jahren,
Daß in Toledo wir zusammen waren.
Durch Oeden, kaum vom Wanderhirsch durchstreift,
Dann über Schlachtgefilde, blutbeträuft,
Wo aus den Schädeln derer, welche sanken,
Das rote Naß die grimmen Sieger tranken,
Bin irr' ich bis hierher geschweift.
Doch Allah sei gedankt, du bist der Alte,
Den ich in meinen Armen halte.

Sylvester.
Du rufst noch Allah an; hat dir's der Wahn —
Du weißt, ich hab' ihm nie gefröhnt —

An diesen Mahomed noch angethan?
Ich dachte, lang sei er von dir gewichen.

Abu Zohar.

Freund, zürne nicht, nur von der Zunge tönt
Mir noch der Klang, an den ich lang gewöhnt.
Als ich der Mauren Land durchstrichen,
Als mir entgegen von den Minareten
Der Ruf der Muezzine scholl zum Beten,
Und in dem Vorhof, wo hinab in's Becken
Ihr heil'ges Naß die Quelle goß,
Die Gläub'gen knieten auf den Andachtsdecken
— Nicht wußt' ich wie — auch mir erschloß
Das Herz dem Glauben sich, und ehrerbietig
Mit allen Knieenden am Boden kniet' ich.
Was wundert's dich? Als Kreuzverehrer
Ward ich in Tours erzogen durch den Lehrer,
Der manchmal mir den Rücken durchgebläut —
Mich dünkt's, die Schläge schmerzen mich noch heut.
Und lügen müßt' ich, sagt' ich, daß der Christen Lehren
Mehr wert als die der Heiden wären.
Zuletzt, nicht einem Glauben huld'gend, noch dem andern,
Griff ich zum Stabe, um hieher zu wandern.

Sylvester.

Mein Guter, deine Worte mußt du wägen;
Hört man sie hier, so bringt's dir keinen Segen.
Dies Tibur ist die frömmste Stadt der Erde.
Als räub'ges Schaf hier aus der Christen Herde,
Sei sicher, wirst du ausgestoßen,
Wenn man dich hört.

Abu Zohar.

Wohl weiß ich, zu den Großen
Der Christenheit zählst du, mein Bester!
Doch kenn' ich wohl dich, du bist kein Zelot,

Und wenn Verfolgung mir von Eif'rern droht,
Schutz bietet mir mein alter Freund Sylvester.

Sylvester.

Nicht nenne so mich! Aus dem Lateran
Entfloh'n, hab' ich die Stola abgethan,
Und in Mäcenas halbzerfall'nem Hause
Die Einsamkeit zur Freundin mir erwählt,
Die bei des Anio Flutgebrause
Mir Wunderdinge viel erzählt.
Hier laß uns niedersitzen auf der Bank;
Und sei getrost; vor mir frei kannst du sprechen,
Was Andre stempeln würden zum Verbrechen.

Abu Zohar.

Ja, noch der Alte bist du. Habe Dank!
Und nun erzähl'! Wie in der Stromschlucht Engen
Dort unten sich die Wogen drängen,
So sicher seit den Tagen, als wir jung,
Häuft in dir sich Erinn'rung auf Erinnerung.

Sylvester.

Mir ist, wenn in den Wasserwirbel nieder
Ich blicke, der dort unten schäumt,
Als säß' ich an des Tajo Ufer wieder,
Wo manche Stunde ich mit dir verträumt.
Der Kreis der Lernenden und Lehrer
Dort in dem bröckelnden Gebäu
Steigt auf vor meinem Blick auf's neu;
Ein gleicher wo auf Erden wär' er
Vom Pol des Nordens, wo der Himmelsdrache
Erstarrt daliegt am fernsten Saum der Welt,
Bis wo der Stern Canopus Wache
Am Grab von Urweltkön'gen hält?
Im alten Wunderland am Nil,
Fand ich der Lernbegier'gen viel,

Die so wie ich vom Munde der Gelehrten
Der Weisheit Strom zu schlürfen heiß begehrten.
Muß ich dich noch der Stunden mahnen,
Wo Nachts wir aus dem Almagest
Nachforschten der Planeten Bahnen?
Dir war's wie mir ein hohes Fest.
Als auf der staub'gen Pergamente Rollen
Ich wundersame Lettern sah geschrieben,
Aus denen Weisheitslehren gleich den sieben
Planetenklängen mich umquollen,
Berauscht des Wissens reinsten Trank
Zu schlürfen glaubt' ich. Alles Wissens Summe
Schon wähnt' ich mein; doch plötzlich sank
Der Schleier mir. Und jener Stumme, —
Berichtet hat der Griechen einer es —
Der Weisheit hat die Schüler lehren wollen,
Gleich gut, dacht' ich, ein Aristoteles
Sei er gewesen, wie der Schreiber dieser Rollen.

Abu Zohar.
Hatt' ich's nicht längst dir schon gesagt?
Beim Brüten über jenen krausen
Buchstaben fühlt' ich Ohrensausen,
Statt daß des Wissens Morgen mir getagt.
Seit jener Zeit nicht sah ich dich; erblichen
Fast ist dein Bild mir. Sprich, zu welchen Himmelsstrichen
So unverseh'ns bist du entwichen?

Sylvester.
Nicht Lehrer mocht' ich noch Scholaren
Mehr schauen. Alle, dacht' ich, waren
Auf Eines nur bedacht: mich zu betrügen.
Zerreißen mußt' ich dies Gespinnst der Lügen.
Nicht eine Stunde länger litt's
Mich in Toledo; wider mich verschworen,
So glaubt' ich, wären Juden, Christen, Mohren,

Ich floh von dannen hast'gen Schritt's
Bis dorthin, wo des Kreuzes Fahnen
Auf's neue mir im Land der Catalanen
Entgegenwehten. Doch bei jedem Laute
Fuhr ich zusammen jäh; mir graute,
Wenn ich ein Menschenantlitz schaute.
Vor Aller Blick mich zu verstecken,
So über weite Meeresbecken
Schifft' ich auf schwankem Bretterfloß
Hin an den Strand der Balearen,
Wo einer Felsenhöhle Schoß
Mich gastlich barg. Gefährten waren
Mir Robben nur, die auf den Klippen
Sich sonnten in der Mittagswärme,
Und Raben, deren wilde Schwärme
Krächzend aufflogen aus den Felsgesträuppen.

Abu Zohar.
Mehr ist das, als was mein Verstand begreift,
Und bess're Kurzweil mir erlesen hätt' ich.
Wärst in der Heiden Land umhergestreift
Gleich mir du, Gerbert, o das wett' ich,
Ergötzen hätte dir das viel geboten.
Gesehen hätt'st du, wie auf das Geheiß
Des Maurenkönigs (seinen Namen weiß
Ich leider nicht) die stolzen Sprößlinge der Gothen
Die Glocken aus Sankt Jago's Heiligtum
Nach Cordova auf ihren Schultern führten,
Damit, in Thore umgegossen,
Zu des Propheten und zu Allah's Ruhm
Den Vorhof der Moschee sie zierten.
Die armen Christen! Wohl verdrossen
Hat solcher Frevel sie. Doch seien wir gerecht!
Verglichen dem der Nazarener
Ein sanftes, freundliches Geschlecht

War das der Araber. Wenn der und jener
Wohl seine Sklaven hieb,
So weit doch, wie die Christen, trieb
Er's nicht, und ließ nicht so, wie diese thaten,
Die Andersgläub'gen auf dem Holzstoß braten.

Sylvester.

Wohl weißt du, daß wie du ich denke,
Allein, mein alter Freund, vergib,
Daß jetzt zu dem, wobei ich stehen blieb,
Zurück ich die Gedanken lenke.
Auf jener Insel bald die Klippen macht' ich,
Wo allumher die Meerflut wallte,
Und bald die Höhlen mir zum Aufenthalte.
Und ob dem Menschenschicksal brütend, dacht' ich,
Wer sind wir? Was auf dieser Erde sollen
Wir mühen uns in Kampf und Schrecken,
Bis endlich jene schwarzen Schollen,
Die über uns're Leiche niederrollen,
Uns selbst und uns're Hoffnungen bedecken?
Vom Jenseits, das da drüben uns verheißen,
Wer kann den düstern Vorhang reißen?
Der Vögel Krächzen, welche mich umflogen,
Das Heulen und Gezisch der Wogen
Nur gab mir Antwort. Bis zur Neige trank ich
Den Kelch, den böse Geister mir gefüllt.
Für Alles um mich tot, das Haupt verhüllt,
In meines Innern finstern Schlund versank ich.

Abu Zohar.

Vor Allem, Freund, wünsch' ich dir leichtes Blut.
Für alle aus dem Erdenkloß Geschaff'nen
Von Nöten ist es, sich mit Mut
Für dieses Lebens Kampf zu waffnen.

Sylvester.

Sich der Verzweiflung zu entringen, mühten
Lange fruchtlos sich mir Sinne und Gedanken.
Zuletzt entwand ich mich dem dumpfen Brüten
Und kehrte heim in's Land der Franken.
Im Wirken für der Menschheit Wohl
Vergessenheit für den betrog'nen Wissensdrang,
In dem der Geist so lang' sich müde rang,
Zu suchen, das ward meines Strebens Pol.
Längst galten der Scholastik Hirngespinnste
Mir nichts, die Weisheit all der Theologen,
Die auf der Schule von Paris ich eingesogen,
War mir wie leere Nebeldünste.
Allein, wer Segen schafft, wer Trost
Den Armen beut, der hat den besten Teil erlost.
So dacht' ich und erwählte mir das Priesteramt;
Die niedern Grade allgesammt
Durchlief ich bald. Nachdem ich am Altare
Zu Reims als Bischof lang gewaltet, —
Wie wundersam das Leben sich gestaltet —
Mit Fischerring und mit Tiare
Ein Jahr lang auf dem Stuhle von Sankt Peter
Saß ich, um mich der Kirche Väter,
Bischöfe, Erzbischöfe, Cardinäle.
Und lauschend meinem Machtbefehle
Hielt Deutschlands Kaiser mir die Zügel,
Wenn ich mich schwang in meines Rosses Bügel.
Doch dieses Rom, zu bald als jene Metze
Von Babylon erkannt' ich es, der feil
Für klingend Gold das Seelenheil,
Das Recht, die Ehre sind und die Gesetze.
Gehemmt, da wo ich Gutes wollte schaffen,
Auf allen Wegen ward ich von den Pfaffen.
Gott und die Heil'gen führten sie im Munde,
Doch waren mit dem Antichrist im Bunde.

Von Andacht ließen sie die Lippen träufen,
Doch höher ihren Mammon anzuhäufen
Nur nahmen sie Bedacht. Wenn von Verwaister,
Der Wittwen Weh die Luft erscholl,
Dann wie ein Chor verworf'ner Geister
An Lucifer als ihren Herrn und Meister,
Ein Preislied sangen sie verehrungsvoll.
Doch als gefüllt das Maß der Sünden,
Vom Himmel fuhr herab ein Racheblitz.
Wie bei des Weltgerichtes Nah'n
Erbebten Lateran und Vatican;
Geschleudert wurden mit den fetten Pfründen
Die Knechte Belials von ihrem Sitz.
Herein durch Romas Thore drangen
Raubgier'ge Horden, Heil'genschänder.
Ich selbst riß ab die geistlichen Gewänder,
Nicht wollt' ich mehr in eitlem Schmucke prangen.
Und so in dieser Einsamkeit am Ziel
Steh' ich von meinen Wanderungen.

Abu Zohar.

Ein düst'rer Lebenspfad und viel verschlungen
War dein, Freund, und des Traur'gen viel
Erlebtest du. Indessen ich Genuß
Des Lebens niemals mir versagt,
Scheint's, daß sich mühen einzig dir behagt.
Doch Auskunft über eins gewähren
Noch mußt du mir. Sprich, sind es eitle Mären?
Wie Bilder, die in blauem Dunst
Sich wiegen, schienen stets mir die Geschichten,
Die sie von Zauberern berichten.
Doch anders soll es steh'n mit deiner Kunst.
Man sagt, du hättest einen Kopf von Erz,
Der dir auf jede Räthselfrage,
Die keiner lösen kann, die Antwort sage:

Und tief hinab bis in das Erdenherz
Dir hättest Gänge du in einen Saal
Gesprengt, wo an den Wänden von Karfunkel,
Rubin und Onyx durch das Dunkel
Hinzittert der geheimnisvolle Strahl.

Sylvester.

Thörichte Mären, wie Gevatterinnen,
Wenn Abends sie an ihren Rocken spinnen,
Sie wohl erzählen.

Abu Zohar.

Nun verdammen
Als Pöbelwahn darfst du nicht die Magie.
Viel weise Männer übten sie.
Ist manches auch Geschwätz für Ammen,
Doch Nekromanten gibt's, in deren Büchern,
So heißt's, die Signatur und den Aspekt
Man finden kann, wie aus den Leichentüchern
Die Todten man zum Leben neu erweckt,
Daß die Geheimnisse von Urweltjahren
Den Lebenden sie offenbaren.
Stets freilich, ich gesteh's betrübt,
Stets war ich in der Schwarzkunst ungelehrig.
Allein von einem, der sie kennt und übt,
Sie zu erlernen ernst begehr' ich.
Nicht lockt mich die Goldmacherei,
Wie ich geübt sie sah von den Adepten
Toledo's, welche Erz und Blei
Auf ihre Herde keuchend schleppten,
Daß sie zu der Metalle köstlichstem zerrönnen.
Doch eine Frage wirst du mir vergönnen.
Wär's hübsch nicht, Todte aus dem Grabe wecken können,
Daß vom geheimnisvollen Lande drüben
Vor unserm Blicke sie den Schleier hüben?

Ja, selbst zur Kurzweil nur mit ihnen plaudern,
War' es nicht schön? Dein Antlitz zeigt,
Daß ein Geheimnis mir dein Mund verschweigt.
Wohl, Gerbert, sprich, was willst du zaudern?
Sylvester.
So will, als spräch' ich mit der eig'nen Seele,
Ich dir vertrau'n, was Jedem ich verhehle. —
Nach alles meines Hoffens Untergang,
Getäuscht in dem, wonach ich rang,
Der Welt satt und des Atmens ward ich.
Bald hier aus dem zerbröckelnden Gebäu
Hinunter in der Fluten Wirbel starrt' ich,
Bald in der Felsenwildnis scheu
Verbarg ich mich, wo hoch herab auf mich die stolzen
Steinadler aus den Horsten niedersah'n,
Und Wolken, Gipfel ineinander schmolzen.
Dort endlich, glaub', es war kein Wahn,
War mir, als sei von Geistern ich umschwebt,
Der Hohen, die vordem gelebt.
Hier um die zack'gen Felsenplatten
Sah ich hingleiten ihre Schatten.
Ich hörte mit den Stürmen, mit den Bächen
Sie in geheimnisvollen Lauten sprechen.
Genug nun! Nicht den Zauber fand ich,
Der sie sich mir zu offenbaren zwingt.
Doch wie zu neuem Sein erstand ich
Schon durch die Hoffnung, daß es mir gelingt.
Ich höre Tritte! Nimm vorlieb
Bei mir, mein Abu Zohar, und vergib,
Daß nicht, wie in Toledo, ich auf Decken
Dich betten kann, gefärbt mit Tyrus Purpurschnecken.

Maximus, Lelius und Hilario treten auf.

Maximus.
Vergönne, heil'ger Vater, uns die Gunst,
Daß ehrfurchtsvoll wir deine Füße küssen.

Sylvester.
Nicht bin ich dessen würdig, Maximus.
Entsagt hab' ich dem Throne Petri längst.
Die Psalmen, die der Anio um die Klippen
Hier braust, sind süß'res Labsal meinem Ohr,
Als all der Mönche Litanei'n, die sich
Beim Auferstehungsfest im Lateran
Auf Weihrauchwolken um mich wiegten.
Maximus.
                          Laß,
Erhab'ner, dich von unserm Flehen rühren!
Verwaist ist ohne dich die Mutter Kirche,
Verwaist die Welt. Komm, daß bald wieder Rom
Dir und des Weltapostels heil'gem Glauben
Zurückgegeben sei! Ein mächt'ges Heer,
Von mir gesammelt, noch in nächster Frühe
Führ' ich durch's Sankt Laurentiusthor, und flieh'n
In alle Winde wird die wüste Rotte,
Die jetzt den märtyrblutgetränkten Boden
Entweiht.
Hilario.
          Ja, Hehrer, schon, dich zu empfangen,
Schmückt sich die ew'ge Stadt, wie jene andre
Am Kidron zu des Herren Einzug that.
Maximus.
Sogleich nicht, heil'ger Vater, heischen wir
Dein Kommen. Aber gönne uns den Trost,
Daß, wenn die ew'ge Stadt in alter Glorie
Von neuem sich erhebt, wie damals, als
Der Erdkreis ihrem Machtgebote lauschte,
Du wieder deinen hohen Sitz besteigst.
Sylvester.
Du wirbst umsonst, es kann nicht sein. Wenn sie
Gebändigt, jeder Atemzug des Aufruhrs

Erstickt ist, schaff' ein neues ächtes Volk
Von Christen, die des Namens würdig sind,
Gib mir Gewißheit, daß die Schergen, die
So lange seine Luft verpestet, nicht
Heimkehren, daß die Liebe und das Recht
Dort eingezogen, wo sonst Haß und Unrecht
Geherrscht, vielleicht dann folg' ich beinem Ruf.
Bis dahin hofft mein Kommen nicht! Lebt wohl!

Sechste Scene.

Auf dem Palatin. Im Hintergrunde eine kleine
Wohnung zwischen Ruinen.

Bruno, Cäcilia.

Bruno.

Komm mit mir, Cäcilia, in's Freie hinaus;
Die leichten Nebel des Morgens schwinden,
Rings zittern und blitzen in den Winden,
An den Gräsern die Perlen Thau's.
Und Alles umher, wie still, wie stumm!
Das Lärmen der ungeheuren Stadt
Dringt nicht hierher. Bisweilen nur matt
Vernimmt man der Kirchenglocken Gesumm.
Hier auf dem Sitze epheuumrankt,
Laß ruh'n uns, und sei's dem Himmel gedankt,
Der diese Ruhe, diesen Frieden
Nach Sturm uns und Gefahr beschieden.

Cäcilia.

Und dennoch, Bruno, die Brust beklemmt
Mir unerklärliches Bangen oft,
Das mir die Atemzüge hemmt,
Ob Alles auch, was ich gehofft,
Durch dich erfüllt ich gesehen habe.

Bruno.

Auf diesem ungeheuren Grabe,
Das Rom heißt, wem würde zu Sinn

Nicht, als wär' er bei einer Totenfeier;
Vor wem nicht legte ein Trauerschleier
Sich düster über Alles hin?
Weh'n rings in der Luft nicht Aschenreste
Verkohlter Tempel und Paläste?
Allein nicht ewig geziemt uns zu klagen;
Sieht man nicht über Sarkophagen
Fröhlich das junge Leben sprießen?
Das laß uns in vollen Zügen genießen.

Cäcilia.

Ja, wenn dein Mund an meinem hangt,
Entweicht die Sorge, in der ich gebangt.
Doch wenn des Tages Stimmen verstummen,
Fühl' ich, daß um mein Lager ein kalter
Schauer weht, wie wenn nächtliche Falter
Hin von Gräbern zu Gräbern summen.
Mir ist, als trügen auf ihren Schwingen
Sie deinen und meinen Tod heran.
Und leichenhafte Gestalten ringen
Sich aus Grabeshügeln dann,
Als wären es aus den Aschenkrügen
Die Reste Staubes, die grauenhaft
Sich neu zu Gestalten zusammenfügen.
O schütze mich, Bruno!

Bruno.

Ja, die Kraft
Fühl' ich in mir, selbst vor Empusen,
Lemuren, den grausen Geburten der Nacht,
Dich zu schützen. Doch was beklemmt den Busen
Dir so, Cäcilia? Sieh', heiter lacht
Der Himmel vor uns; in sonnige Weiten
Seh'n wir das Leben sich allhin breiten.
Wohl droht, nach Tibur zurückgekehrt,
Dein Vater, mit seiner Kriegerschaar

Rom zu verwüsten mit Feuer und Schwert.
Doch glaube, sein Droh'n bringt nicht Gefahr.
Noch wird kein Stein von diesen Wällen
Einstürzen vor seiner Drommeten Gellen.
Ob herab von den Alpen auf seinen Ruf
Auch strömen die Heere von Deutschlands Tyrannen,
Crescentius schützt uns mit seinen Mannen,
Er, der ein Rom von neuem uns schuf.
Sieh', Rufus! Kaum sind des Dunkels Falten
Gewichen und schon hast du Rundschau gehalten!
Was bringst du für Kunde?

Rufus (auftretend).

Kaum graute der Tag,
Als auf's Forum ich kam; noch lag
Tiefe Nacht ringsum. Doch Zwei
Sah ich steh'n, das Antlitz verstört,
Und habe durch ihr Flüstern gehört,
Daß fern nicht das Heer des Maximus sei.
Ich aber dachte: nichts zu bedeuten
Hat das; noch braucht man nicht Sturm zu läuten.

Crescentius (tritt auf).

Nimm, Bruno, nehmt, geehrte Frau —
Ich sah Euch lang nicht — meinen Gruß,
Bevor beginnt die Kriegerschau.
Hier an des Palatines Fuß
Harren die Krieger meiner Befehle.
Doch kam ich zuvor, daß ich euch erzähle,
Wie eben von Benedikt, dem Abt,
Ich aus Subiaco Kunde gehabt,
Daß er nach Rom auf dem Wege sei,
Weil wilde Schaaren aus seiner Abtei
Ihn vertrieben. Wofern ihm hold
Die Sterne sind, noch heute sollt

In meiner Wohnung den lieben Gast
Ihr grüßen, denn dort nimmt er Rast.

Bruno.

Willkomm'ne Kunde! Dank dir dafür,
Crescentius, und hier durch die Thür
Zur Rast in das Triclinium tritt!

Cäcilia.

Gerne böt' ich Euch einen Trank
Von trefflichem Cäcuber.

Crescentius.

Habt Dank;
Nur kurz lenkt' ich hierher den Schritt.
Zur Kriegerschau jetzt ruft's mich von hinnen.

Otho (tritt auf).

Gebieter! Die Wächter von den Zinnen
Des Capitoles künden, an der Mulviusbrücke
Sehe man Schwerter, Lanzenspitzen
Durch dichte Staubeswolken blitzen.
Auch von Osten, von Tibur rücke
Ein Heer heran.

Crescentius.

Zum Capitol
Hin will ich, Freunde, gehabt Euch wohl!

Bruno.

Dir folg' ich, Crescentius. An deiner Seite
Gönne mir einen Platz im Streite.
Dir, mein Rufus, vertrau' ich mein Weib.
Hier bei ihr, sie zu schützen, bleib!

Cäcilia.

O Bruno, laß meine Bitten dich rühren;
Nimm mich mit dir! Ein Schwert zu führen

Bald werd' ich versteh'n, und dir zur Seite
Im Kampfe steh'n.

Bruno.

Nicht im Streite
Ist, Weib, dein Platz. Der Waffen Glück
Wird mit uns sein, bald kehr' ich zurück.

Siebte Scene.
Platz in Rom.
Gedränge von Kriegern und Bürgern.

Erster Krieger.
Schon rücken sie zu allen Thoren,
Um sie zu stürmen. Wir sind verloren!

Zweiter Krieger.
Aus Wurfmaschinen riesige Blöcke
Schleudern sie, treiben Widderböcke
Gegen die Mauern. Schon nach und nach
Weichen Quadern! Mit Gekrach
Stürzt hier und da ein Stein in die Gräben.

Erster Bürger.
So ist uns kurz nur Frist gegeben.
Nutzen wir sie!

Zweiter Bürger.
    Ja, plündert und raubt!
Was hilft uns die Freiheit, wenn nicht erlaubt
Uns solche Kurzweil ist?

Dritter Bürger.
    Schon weichen
Die Thore! schnell in die Häuser der Reichen
Und ihre Dächer in Brand gesteckt,
Daß hoch die Flamme zum Himmel leckt!
Aber nicht länger ist's hier geheuer;

Crescentius mit seinen Satelliten
Rückt dort heran und eher doch brieten
Wir jahrelang im Fegefeuer,
Als daß ihnen die Stirn wir böten.
Auf und davon! (Sie zerstreuen sich.)

Crescentius, Otho und viele Gewaffnete treten auf.

Crescentius.
Stoßt in die Drommeten!
Und zusammen mit dem Schall
Ruft die Waffenfähigen all,
Daß in Manipel, in alle Viertel
Verteilt, sie des feindlichen Angriffs harren.
Und dann an den Thoren, ein eherner Gürtel,
Den Barbaren entgegenstarren.

Otho.
Vom Pincius bis zum Aventin,
Vom Capitol zum Cälius hin
Laßt, vernehmbar allen Söhnen
Romas, die eherne Tuba dröhnen!
Dort, wo zum Thor am Vatikan
Die Reiter auf schnaubenden Rossen sich drängen,
Laßt uns, ihr Tapfern, zum Ausfall sprengen.
Wir brechen in ihre Mitte uns Bahn! (Ab.)

Crescentius.
Was seh' ich am Capitol da, o Schande!
Die sonst vor dem Tageslicht sich versteckt,
Nun wagt sich hervor die Räuberbande.
Seht, wie das Feuer zum Himmel leckt,
Das sie gezündet! Zu löschen die Flammen
Geht ihr da und die Meut'rer werft
In Ketten! Zum Tode will ich alle verdammen.
Für morgen seien die Beile geschärft!
Und nun du, meine beste Legion,

Folg' mir! Vergebens der Feinde Droh'n!
Steht fest, daß wie von eisernem Walle
Zurück der Frechen Angriff pralle.
(Zu einem Diener.)
Du da, für Benedikt indessen
Trag' Sorge. Ewig unvergessen
Ist mir der Theure, und, wenn er kommt,
Biet Alles ihm, was irgend ihm frommt!

Achte Scene.

Anderer Platz in Rom; hinten der Palast der Crescentius.
Cäcilia von Rufus geführt.

Rufus.
Rings sind hier die Straßen und Plätze stumm.
So athemlos, edle Frau, warum
Denn eilst du vorwärts. Gönne kurz
Dir Ruhe auf diesem Säulensturz.

Cäcilia.
Dank, daß du erhört mein Flehen hast,
Rufus; draußen ließ mir's nicht Rast.
Eh'r im wilden Kampfgebrause
Ertrag' ich's, als in dem einsamen Hause,
Wo von ferne der Schwerter Klirren
Zum Ohr mir bringt; entsetzt da irren
All meine Gedanken dem Theuren nach.
Ich such' ihn und denke, zusammenbrach
Er unter der Argen Schwerterstreichen,
Und liegt nun unter Haufen von Leichen.

Rufus.
Wozu dies Zagen? Den Palatin
Und dein einsames Haus zu flieh'n
Selbst rieth ich dir. Denn in Raubbegier
Wälzen dort von Thür zu Thür
Wilde Banden sich; doch wer bedräut
Dich hier? So still und friedlich, wie heut,

Ist's immer in diesen Gartengehegen,
In denen Crescentius Palast gelegen,
Da ehrfurchtsvoll ein jeder scheut
Dem Hause des Mächt'gen zu nah'n.
Dem Bruno ist er zugethan
Und wird dir gern hier Zuflucht gestatten.

Cäcilia.
Horch auf! Vernimmst du die Schritte dort?
Sie bringen die Leiche meines Gatten!
Nicht in der Schlacht, nein, durch tückischen Mord
Ward er gefällt! Sonst Alle als Leichen
Wären gesunken vor seinen Streichen,
Die ihm genaht. Da sieh! Herbei
Tragen sie ihn!

Rufus.
   Nur ruhig sei,
O Herrin! Was ist's, das so dich erschreckt?

Cäcilia.
Siehst du, wie in des Bodens Staub
Das Blut aus seinen Wunden leckt?

Rufus.
Für alle Tröstung bleibst du taub.
Gestalten, die nur dein Wahn erschaffen,
Glaubst du zu seh'n.

Cäcilia.
   Die Bilder zerrinnen
Wie Nebelgestalten vor meinen Sinnen.
Hätt' er gesiegt? Ich sehe Waffen
Blinken, höre Schall von Drommeten.
Da kommt er; mit dem helmbuschumwehten
Haupte neigt er zu mir sich zum Kuß.
Nein, schützt mich, ihr Heil'gen! Maximus,
Mein Vater ist es, der Tyrann. Am Haar

Schleift der Wilde mich zum Altar,
Daß dem Hilario die Hand ich reiche!
Erbarmen, Rufus, mit einem Streiche
Wandle, eh' das geschieht, mich zur Leiche!

Abt Benedict und Otho treten auf.

Otho.
Ehrwürd'ger, die Fügung muß ich preisen,
Die auf dem Weg mich dich treffen ließ.
Des Crescentius Haus ist dies.
Und die dort deinen Blicken sich weisen,
Cäcilia, Bruno's Gattin ist die,
Und Rufus, seinen Vertrauten hier sieh!

(Zu Cäcilia und Rufus)

Nicht Abt Benedikt brauch' ich zu nennen,
Ihr werdet den Hohen schon erkennen.

Cäcilia und Rufus.
Als Zeichen deiner Segenspende,
Ehrwürd'ger, leg' uns auf's Haupt die Hände!

Benedict.
Er mag Euch behüten auf allen Wegen
Und Euch geleiten mit seinem Segen.
Mich aber, ihr Beide, nennt ganz den Euern!
Und Bruno? Sprich mir von dem Theuern,
Cäcilia! Ist er in der Nähe,
So ruf' ihn herbei mir!

Cäcilia.
        Das Herz von Wehe
Fühl' ich zerrissen; wenn nun vielleicht
Er stürzt, vom tötenden Speer erreicht!

Rufus.
Mit seinen Tapfern ausgesprengt
Ist er, dem Feind sich entgegen zu stemmen.

Ganz bau' ich auf ihn; die Wilden zu hemmen
Wird ihm gelingen.

Benedict.
Was Gott verhängt,
Muß gescheh'n. Doch laßt uns denken,
Zum guten Ziel wird er Alles lenken.

Otho.
Mir ist, fernher aus der Straßen Gewirr
Schlug an's Ohr mir Waffengeklirr.
Laßt schau'n mich, was bedeutet dies Toben.
Gut seid Ihr indeß hier aufgehoben. (Ab.)

Benedict.
Als durch das Thor den Schritt ich lenkte,
Glaubt' ich, hier innen hernieder senkte
Sich Frieden auf mich. Doch ringshin voll
Von Waffenklirren und Wagengeroll
Find' ich die Stadt. Wohl den und jenen
Fragt' auf dem Weg ich nach dem Gescheh'nen.
Doch vorwärts athemlos stürzte jeder,
Und wüste Rufe, Geroll der Räder
Nur gaben mir Antwort. Mein Rufus, künde,
Warum ich Alles in Aufruhr finde.

Rufus.
Vor die Mauern mit wehenden Fahnen
Ist gerückt das Heer der Germanen,
Und Tiburs Gebieter mit seinen Vasallen,
Sammt dem Gesindel, das er aus allen
Gauen Italiens um sich geschaart.
Fürwahr, eine würdige Römerfahrt!
Doch alle Thore sind stark bemannt,
Mit Wurfgeschossen rings von den Mauern
Bedroh'n wir den Feind und Pfeileschauern.
So denk' ich, halten dem Angriff wir Stand.

Cäcilia.
Durch alle Glieder zittert's mir kalt.
Dein Ohr an die Quadern des Bodens halt,
Rufus! Näher und näher kommt's.

Rufus.
Sei ruhig! Dies Bangen und Zagen, was frommt's?

Cäcilia.
Nein, nicht, daß er komme, die Glückesfülle,
Mehr hoff' ich. Herr, geschehe dein Wille!

Benedict.
Wer beugte sich nicht vor Gottes Machtspruch,
Sei er ein Segen oder ein Achtspruch?
Wozu, daß du dich bald entfärbst,
Bald hell die Freude im Antlitz dir glimmt?
Der Frühling kommt, sowie der Herbst,
Und Glück und Unglück, wie Er's bestimmt.

Otho (wieder auftretend).
Um deinen Bruno sorglos sei,
Cäcilia. In der Seinen Mitte
Sprengte er eben in hastigem Ritte
Gezückten Schwertes an mir vorbei.
Und ich sah vor ihren Hieben
Die Feinde nach allen Richtungen stieben.

Cäcilia.
Ach, deine Worte fallen schwer
Auf's Herz mir. Brachtest du ihn nicht her?

Benedict.
Und Crescentius?

Otho.
   Es wird ihm gelingen,
Die Feinde, wie in die Thore sie bringen,
Zurückzuwerfen. Doch, würdiger Greis,

Ihr und ihr Andern auf sein Geheiß
Folgt mir an eine Zufluchtstätte,
Wo, unfern von der Tiber Bette,
Unter Rom nach allen Seiten
Sich die Katakomben breiten.
Da, wo vor ihren grimmen Feinden
Sich bargen der Christen erste Gemeinden,
Sucht auch ihr auf kurz ein Asyl.

Benedict.
Dich sendet Crescentius, drum befiehl,
Wir werden folgen.

Cäcilia.
    Doch eines sage,
Soll nie ich ihn wiederseh'n?

Otho.
     Verzage
Nicht, Weib. Ich führe ihn dir wieder zu.

Rufus.
Otho, nicht Alles vollführen darfst du.
Laß mich statt deiner dies vollbringen.
Ich führe sie an den Zufluchtsort.

Otho.
Du kennst nicht den Weg, wie ich; gelingen
Kann's mir allein. Nun folgt mir! Fort! (Alle ab.)

Haufen von **deutschen Kriegern** bringen heran. **Wachen** am
Eingang des Palastes suchen sie zurückzuhalten.

Wächter.
Zurück! Was wagt ihr hier einzubrechen?
Hinaus mit euch zum Thor, ihr Frechen!

Erster Krieger.
Schmettert zu Boden sie! Die Hunde
Steh'n mit dem Crescentius im Bunde.

So! auch dort am Schloß den Wachen,
Brüder, laßt uns den Garaus machen.

Zweiter Krieger.
Auf zum Plündern! In ganzen Klumpen
Liegt sicher das Gold dort am Boden gehäuft.

Dritter Krieger.
Noch besser ist's, wenn in die Humpen
Der Wein aus vollen Tonnen träuft.

Vierter Krieger.
Ja, statt unseres Bieres und Meth's
Jetzt ächten Falerner trinken wir stets.

Ein Hauptmann (mit andern Kriegern).
Freches Gesindel, hinweg! Seit heut
Ist's Maximus, der hier gebeut.
Macht aus dem Staub euch, ihr Hirnverbrannten!
Da kommt der Herrscher mit seinen Trabanten.

Maximus (mit kriegerischem Gefolge auftretend).
Jedweder Eingang sei besetzt!
Von hier aus werde dies Rom gebrochen.
Krieger! Von Straße zu Straße hetzt
Die Römer! Sie werden sich beugen zuletzt,
Wie die von Tibur vor mir gekrochen.

Lelius.
Herr, deine Tapfern allgesammt
Noch solltest du hier zum Schutz behalten,
Denn hin noch durch die Straßen flammt
Ein wilder Kampf. In sich gespalten
Wohl sind die Römer, doch, eh' besiegt
Crescentius im Staub des Bodens liegt,
Nicht bist du sicher. Mich laß führen deine Mannen,
Daß in den Staub der Frevler sinkt,
Der, der schlimmste aller Tyrannen,

Sein Reich mit dem Namen der Freiheit schminkt.
Mit seinem und seiner Schergen Blut
Will den Boden ich überschwemmen,
Daß rot aufschäumend aus ihren Dämmen
Sich meerwärts wälzt des Tiber Flut.

Maximus.
Mir laß das Werk! Gestürzt, vernichtet
Soll schon der nächste Morgen ihn schau'n.
Und der jüngste Tag wird eher grau'n,
Als daß er vom Fall empor sich richtet.

Lelius.
Welch' ein Lärmen von fallenden Hufen,
Von Schwertern, die an einander prallen!
Hörst du tausendfältig das Rufen:
Crescentius lebe! widerhallen?

Maximus.
Von der Unsern Näherrücken
Dröhnen alle Straßen und Brücken.
Mag er kommen!

Crescentius (tritt auf).
Zurück, ihr Vandalen,
Eh' ihr dies mein Rom mir dürft schänden,
Fackelbrände mit eigenen Händen
Werf' ich hinein!

Maximus.
Was soll das Prahlen?
So wie durch Jehova's Fluch
Ueber Pharao und sein Heer
In schäumenden Wellen das rote Meer
Alle verschlingend zusammenschlug,
So fruchtlos entgegen mir wirst du dich stemmen.
Hinweg von der Erde soll dich schwemmen
Meine Heerfluth.

Crescentius.
Der Worte sind
Genug geredet! Die Schlacht beginnt!
Auf! Den Barbaren entgegengerückt,
Ihr Enkel der Römer, das Schwert gezückt,
Um eher es nicht in die Scheide zu stecken,
Bis Alle zuckend den Boden decken.

(Kampfgetümmel.)

———

Neunte Scene.
In den Katakomben. Tiefe Nacht.
Benedict, Cäcilia.
Benedict.
Komm näher, laß an deinen Atemzügen
Mich fühlen, daß wir bei einander sind!
Sonst fürcht' ich, du verirrst dich, Kind.
Ein Unglück mußt' es also fügen,
Daß dieser Wind, der durch die Grotte blies,
Die Fackel mir erlöschen ließ.
Cäcilia.
Laß lauschen mich, ob windverweht
Von fernher nicht ein Ton verrät,
Daß Rufus meinen Gatten bringt,
Den er zu suchen ging. Anhalten laß, o Greis,
Uns den Atem und horchen, ob leis
Der Schall ihrer Tritte an's Ohr mir nicht bringt.
Benedict.
Vergebens denkst du, daß dein Ohr
Von außen einen Ton erhasche.
Nicht einer bringt in dieser Höhle Thor.
Von innen nur mit der wehenden Asche
Vermoderter Leichen hallt hohl und dumpf
Gesang hin über Gräberstätten,
Als zöge der Tod heran im Triumph,
Mich mahnend, mich zu den andern zu betten,

Denn schwer drückt mich der Jahre Wucht.
Du aber, Tochter, auf der Flucht
Nur kamst du kurz hierher und tagen
Wird bald das Licht, das Leben dir auf's neue.
So höre denn auf zu zagen!

Cäcilia.
Entbehren werd' ich gerne des Himmels Bläue,
Ist er bei mir; mag mir zu Häupten, mir zu Seiten
Die ew'ge Finsternis sich breiten,
Des Himmels Wohner werd' ich nicht beneiden.

Benedict.
Weib, eine inn're Stimme, die nicht trügt,
Sagt mir, daß Alles bald sich glücklich fügt.
Bald siehst du Bruno und Rufus, die beiden.
Laß, meine Tochter, den Mut nicht sinken!

Cäcilia.
Dort, wo dämmernde Strahlen blaß
Hin am Felsengesteine blinken,
Muß er kommen. Entgegen laß
Mich ihm gehen.

Benedict.
Bleib! Nicht das
Ist der Ausgang. Verwegene, nicht wag' es
Nur einen Schritt zu thun. Das ist nicht Schein des Tages.
In grenzenlose Fernen führt
Der Pfad, wo Schrecken dir ringsher entgegenstiert,
Und zieht sich hin von Schacht zu Schacht
Tief unten durch die Gräbernacht,
Wo drüber, ein verworr'ner Knäuel,
Mit ihren Straßen, ihren Plätzen
Sich dehnt die Stadt jahrtausendalter Gräuel.
Ein Schritt nur weiter und Entsetzen
Wirft dich zu Boden. Geisterhaften Schimmer

Rings über Steingebröckel, Felsentrümmer
Zu unsern Häupten, unsern Füßen
Sieh sich mit zitterndem Strahl ergießen.
In diese Gräberwelt den Pfad
Mag keiner wagen, den ein Weib geboren hat.
Mit Blut der Märtyrer beträuft,
In langen Reihen ohne Ende,
Sind weit am Boden längs der Wände
Die Knochen der Gemordeten gehäuft.
Ich muß bir, Mädchen, diese Schrecken künden,
Daß nicht vielleicht,
Wenn plötzlich Schlaf mich überschleicht,
Du suchst nach außen hin den Pfad zu finden.

Cäcilia.
Ich höre Schritte! Ja, nur Einer
Hat solchen Tritt. Dank Gott! Erbarmt hast du dich meiner.
Bruno, mein Bruno!

Bruno und Rufus treten auf.

Bruno.
Auseinanderreißen,
Cäcilia, wer hätt' uns sollen?
Und hätten Ströme, hoch geschwollen,
Gehemmt mich, stillsteh'n hätt' ich sie heißen.
Mag unter uns hinweg die Erde rollen,
Wenn unsre Herzen nur in vollen,
In heißen Schlägen an einander klopfen!

Benedict (zu Rufus).
Die beiden ganz einander laß,
Indes in klaren Himmelstropfen
An ihren Wimpern bebt der Freude Naß!
— Wie fandest, Rufus, du der Dinge Stand?

Rufus.
In wildem Aufruhr ist ganz Rom entbrannt.

Des Maximus Kriegsheere überschwemmen,
Vereint mit der Barbaren wilden Stämmen,
Die ganze Stadt. Mit Riesenkraft
Noch mühte lang Crescentius sich im Streite;
Zuletzt zu Boden hingerafft
Sank er und Otho ihm zur Seite.

Benedict.
O Rom, kann's sein denn, daß du so
Erlagst und dich die letzte Hoffnung floh?
Und wieder nun, wie nach dem Sturm der Gothen,
Sollst tot du liegen bei den Toten?

Rufus.
Ehrwürd'ger, streng an diesem Zufluchtsort
Halt' dich verborgen. Außen droht dir Mord.

Benedict.
Mit mir geschehe, was der Herr geheißen.
Doch euch, Cäcilia und Bruno, mahn' ich
Der ernsten Stunde. Schlimmes für euch ahn' ich.
Den Bund wird Maximus zerreißen,
Der euch vereint.

Rufus.
   Ja, künden muß ich,
Was auf dem Weg hierher, von Feinden rings bedroht,
Von seinem Helfershelfer Lelius ich
Aussprechen hörte. In eurer Herzensnot
Mögt ihr selbst in den Gräbern euch verstecken,
Auch drunten wird man euch entdecken.

Bruno.
Doch lassen sich die Bande trennen,
Die fest, unlösbar uns verbinden?

Benedict.
Ach! Jene Argen scheinst du nicht zu kennen,
Durch die zu einem Pfuhl der Sünden

Die Kirche wurde. Alle heil'gen Bande
Zu lösen ist für sie nur Kinderspiel,
Und Tugend heißt bei ihnen Schande!
Fest steht die Summe, und beträgt nicht viel,
Wofür, und sei sie auch ein Sakrament,
Die Ehe gleich ein jeder Bischof trennt.
Die Priesterehe einzig — das hat fest
Von je so wie des Himmels Pol gestanden —
Ist's, welche sich nicht scheiden läßt.
Sie schließt mit unauflöslich engen Banden
An's Weib den Mann! Drum, Bruno, leihe
Dein Ohr mir! Heut die Priesterweihe
Laß mich dir geben noch. Ich selber habe
Dich früh das ew'ge Wort gelehrt
Und in Subiaco dir die Seelenlabe,
Die heilige, gespendet und erkenne
Der hohen Weihe dich für wert.

Bruno.
Dein Wort ist mir ein Labetrank,
Durch den der Druck des Bangens von der Brust mir sank.

Cäcilia.
Statt dessen, den ich nicht mehr Vater nenne,
Nimm du der Tochter heißen Dank!

Benedict.
Wohl, Bruno, komm! An diesem Steinaltar,
Hier, wo der ersten Christen Tempel war,
Knie hin!

Rufus.
Mir und Cäcilia gönne, daß als Zeugen
Zugleich wir hier die Kniee beugen,
Indes aus deinem Wort den Trost wir schlürfen,
Den wir in dieser ernsten Zeit bedürfen.

(Sie knieen an dem Sarkophag vor Benedict nieder.)

Zehnte Scene.

Große Halle.

Maximus, Hilario, Heerführer, Krieger, Geistliche.

Maximus.

Noch flackert Aufruhr hier und dort in Rom,
Verteilt mit euern Kriegern euch ringsum,
Ihr, meine Tiburtiner, denen ich
Zumeist vertraue. Wer in den Ruinen,
In der Paläste unterirdischen
Gewölben sich versteckt, reißt ihn hervor! —
Ihr sorgt, daß neu die Kirchen, die Kapellen,
Wo lang' kein Priester Brod und Wein geopfert,
Dem heil'gen Dienst sich öffnen. Crucifixe
Und Heil'genbilder, von der Frevler Wut
Gestürzt, errichtet neu. Beraubt des Seelenhirten,
Seit Petrus hier am Marterholze starb,
Sind lang die Frommen. Papst Sylvester sträubt sich
Auf des Apostels Stuhl zurückzukehren,
Und eines Lenkers, der vom Lateran aus
Den Pfad des Heils den irren Völkern weise,
Bedarf die Welt. Zieht ihr denn, fromme Männer,
So viele eurer schon aus der Verbannung
Gekehrt, in alles Land hinaus, auf daß
Die Cardinäle ihr aus dem Exil
Zurück in uns're heil'gen Mauern führt.
Die frommen Männer, welche vor der Wut
Des neuen Sanherib in den Abruzzen,

Der Apenninen Schluchten Zuflucht fanden,
Führt heim in uns're Stadt, daß im Conclave
Versammelt einen Stellvertreter Christi
Sie wählen, wie ihn Rom schon lang entbehrt. —
Du sprich, Hilario, nach meiner Tochter
Hast du geforscht?

Hilario.
Geforscht; allein umsonst.
Hin durch ganz Rom bin ich gestreift, und selbst
Wo die Campagna sich in ihrer Gräber
Totstiller Einsamkeit verliert, hab' ich
Gesucht sie; da wo Paulus, der Apostel,
Dem Herrn am Kirchlein Domine quo vadis
Begegnete, erzählte mir ein Landmann,
Verborgen habe sich ein junges Weib
In eines Mann's Begleitung nahebei.
Die Zeichen paßten auf Cäcilia,
Die er mir gab, doch wie in Luft verschwunden
War sie.

Lelius (der schon kurz vorher eingetreten).

(Leise.) Thor, hätt' ich dir verraten sollen,
Daß selber in die Catakomben ich
Sie flieh'n geseh'n? Mein sei der Dank dafür!
(Laut) Nicht fruchtlos war mein Forschen, Herr. Voraus,
Die frohe Botschaft dir zu künden eilt' ich,
Doch auf dem Fuß, in Obhut deiner Krieger,
Folgt deine Tochter mir mit dem Verruchten,
Der dir aus Tibur sie entführt. Noch Einen,
Den Abt Subiaco's, Benedict, der frevelnd
Der Kirche Feinden sich vereinte, fand ich
Mit Rufus, der sein Spießgeselle ist,
Bei ihnen in der alten Gräberstatt.
Da sind sie schon!

Bruno, Cäcilia, Benedict, Rufus werden von Kriegern hereingeführt.

Maximus.
Nicht Tochter mehr dich nenn' ich,
Du Viper, die ich selbst mir großgezogen.
Vergebens, daß er meinem Blick dich berge,
Flehst du den Boden an. Es ist umsonst.
Wie aus des Vaters Hause mit dem Buhlen
Die Flucht du nahmst, aus meinem Herzen so
Gerissen selbst auf immer hast du dich.

Cäcilia.
Obgleich durch dich mir seit der Mutter Tod
Die frohe Kinderzeit verwüstet ward
Und ich mit Zittern nur den Blick zu dir
Zu heben wagte, hab' ich dir die Ehrfurcht,
Die ich dem Vater schulde, stets gezollt.
Allein des Herzens ist das höh're Recht,
Das mit Gewalt mich hin zu Bruno riß.
Straf' drum mich, wenn du kannst. Zerreiß das Band,
Das unauflöslich mich mit ihm verknüpft.

Maximus.
Für immer reiß' ich dich von seiner Seite.
Hier dem Hilario, der lang' vor ihm
Um dich geworben, sagte ich dich zu.
Die Rechte reich' ihm.

Hilario.
O Cäcilia, sprich,
Hast du nicht früh, da ich das Waffenwerk
In Tibur lernte, schon in meinen Augen
Zu dir die Liebe aufblüh'n sehn! Hoch stets
Und höher, seit die Jahre, seit die Ferne
Uns beide trennten, wuchs sie. Mit dem Blick
Nur sag', daß meiner du noch freundlich denkst.

Cäcilia.
Mir stockt die Rede; möge Bruno sprechen!
Eins sind wir zwei.
Bruno.
Ja, fest ist unser Bund.
Nicht alle Macht der Erde, selbst der Tod
Vermag das Band nicht, das bis in das Jenseits
Hinüberreicht, zu lösen.
Maximus.
Thor, du sagst,
Was dein Verderben ist. So wisse, leicht
Durch einen Bischof lös' ich diese Ehe,
Die du unlöslich glaubst. In dieser Stunde
Wälzt zwischen dich und meine Tochter sich
Unübersteiglich eine Mauer. Weh dir,
Wenn einmal mit Cäcilien noch ein Wort
Dein Mund zu flüstern wagt, wenn nochmals du
Die Wimper hebst, um zu ihr aufzuschau'n!
Bruno.
Du lästerst auf der Ehe Sakrament,
Das uns vereint; doch wisse, heil'ger noch,
Vom Papst selbst und Concilien nicht zu lösen,
Ist unf're Ehe. Durch die Priesterweihe
Wird sie geschützt, die ich empfing.
Maximus.
Nun denn,
Das eig'ne Urteil hast du dir gesprochen.
Zur guten Stunde hat der Erzbischof
Von Köln, der an Sylvesters Stelle jetzt
Bis zu des neuen Papstes Wahl, der höchste
Der Kirchenfürsten ist, der Priester Ehe
Verdammt, weil von dem Einen, Ewigen,
Der über Allen steht, zur Sinnenwelt

Hernieder sie die Diener Gottes reißt.
Schon von der hehren Stadt des Rheines aus,
Die durch der frommen Ursula Gebeine
Und durch der heil'gen Kön'ge Grab geweiht ist,
Zieh'n Sendlinge in langen Reih'n bis Rom
Und trennen Mann von Weib. Weh über beide,
Wenn sie einander noch zu nahen wagen!

Cäcilia (zu Bruno hineilend).
Er ist mein Gatte! Sieh, seht ihr mich Alle,
Des Bruno Weib bin ich! Wer wird von ihm
Hinweg mich reißen?

Bruno.
Und die ew'gen Lichter,
Die droben kreisen, ruf' ich an als Zeugen,
Daß keine Macht mich dir entreißen soll,
So lange Kraft nur eine Sehne noch
In meinem Arme spannt. Vor Gottes Antlitz
Euch Frevelnde, Verruchte klag' ich an,
Die ihr die heil'ge Satzung lösen wollt,
Die, selbst durch Papst und Erzbischof untrennbar,
Den Priester an die Gattin bindet.

Cäcilia.
Ja,
Des Himmels Engel fleh' ich an, daß sie
Vereint mit deinem Schwur vor Gottes Thron
Den meinen tragen. Wenn der Kirche Blitz
Auf dich herniederzuckt, so fester nur
Mit beiden Armen werd' ich dich umschlingen,
Daß er in Einen Staub uns zwei verwandelt.

Maximus.
Verworfene! Zu dir, Cäcilia, nicht,
Zuerst red' ich zu diesem hier. Rebell
An des Dreieinen Satzung, wie der Papst,

Der unfehlbare, sie verkündet hat!
Der Kirche Würdenträger will, so viel
Nach Rom zurückgekehrt sind, zu Gericht
Ich rufen, und den Spruch, den sie gefällt, ich schwör's
Mit jenem Eid, der ewige Verdammnis
Auf mich herniederruft, wenn ich ihn breche,
Werd' ich vollstrecken. Auf, ihr Schergen, reißt
Hinweg ihn und, in Ketten alle Glieder
Geschmiedet, in den Kerker schleudert ihn,
In den des Herrn Gebot den Heliodor
Hinabgeschmettert hat. Ihr zaudert noch?
Auf, packt ihn! Da im Staub des Bodens lieg
Und winde dich in Ohnmacht deiner Wut!
(Bruno wird von den Schergen zu Boden gerissen.)
Du aber, Dirne, nicht mehr Tochter mir,
Hinweg! Von Eisengittern fest umschlossen
Ist das Gemach. Da magst du dich besinnen,
Ob Haft in ew'gem Dunkel dort du dulden,
Ob du die Hand Hilario bieten willst.

Cäcilia.
Mein Bruno, weh! Breit aus der Stirne quillt
Ein Blutstrom ihm hernieder. Wär' er tot?

Maximus.
Er wäre glücklich; doch zu schlimmern Leiden
Fortleben wird er.

Hilario.
Maximus, nicht so!
Cäcilia, hör', ich schwör's bei jener Liebe,
Die heiß für dich seit früh in meiner Brust
Geglüht, nicht will ich dich um solchen Preis.
Und daß ich dich, daß ich den Gatten
Befreie, alle meine Kräfte will
Ich spannen. — Wer, ich rufe, steht zu mir?
(Eine beträchtliche Anzahl von Kriegern stellt sich auf seine Seite.)

Ein Krieger.
Ganz zähl' auf uns!

Lelius.
Herr, noch zu lau bist du
In deinem Zorn. Mir gieb die Macht, und seh'n
Sollst du, wie ich in Staub sie Alle schmett're.
Die Wut zu bändigen, die in mir gährt,
Lang rang ich fruchtlos, nun in Feuerströmen
Bricht sie hervor.

Maximus (zu Hilario).
Thor, wagst du mir zu trotzen?
Du gibst mir leichtes Spiel, wo Hunderte
Zu dir steh'n, hab' ich Tausende für mich.
Nun, Schergen, auf, und schleppt hinweg die Zwei!
Du, Subiaco's Abt, der frevelnd du,
Längst weiß ich es, der Kirche Feinden dich
Gesellt, mit deinem Helfershelfer da
In anderem Verließ Bedenkzeit such,
Ob ew'ge Haft du, ob du Freiheit willst.

Benedict.
Heut hast die Macht du, was hilft Sträuben uns?

Hilario (zu Rufus und Benedict.)
Auch ihr vertraut auf mich! Ich werd' euch retten!

Elfte Scene.

Wilde Gebirgsgegend.

Sylvester, Abu Zohar.

Abu Zohar.

Stumm gehst du mit, indeß den Pfad
Im düstern Apennin wir aufwärts steigen.
Was ist es, daß so tiefes Schweigen
Auf deine Lippen sich gelagert hat?

Sylvester.

Denk' dir, in eines Berges tiefen Schacht
Sei'st du gestürzt. Mit schwarzen Schlingen
Rings breite todesstiefe Nacht
Sich um dich, und aus ihr dich aufzuringen
Versuchtest du umsonst — wie ich dann wärst du.

Abu Zohar.

Der Schmerz, der, Freund, an deinem Herzen nagt,
Wird heilen, wenn dein Mund ihn mir geklagt.
In stummem Weh so dich verzehrst du;
Doch einem, der des Leidens Grund nicht weiß,
Ist, es zu trösten, niemals noch gelungen.

Sylvester.

Mir ist, als hätte Kreis auf Kreis
Von Dämmerung zu tiefern Dämmerungen
Ein Abgrund mich hinabgeschlungen,
Bis wo mich Nacht, die nie sich wieder lichtet,

Schwarz, höllentief umfängt; vernichtet
Bis tief in meines Wesens Mark
Bin ich. Kein Gott, ich weiß es, ist so stark,
Daß aus dem Abgrund er empor mich richtet.
Du frag' mich nicht! Zu tief, als daß ihn Worte
Entweihen dürfen, ist mein Schmerz.
Mit mir nicht durch die dunkle Pforte
Will ich dich reißen abgrundwärts.

Abu Zohar.

Mir schauert, Gerbert. Laß aus frühern Tagen
Vor dir Arabiens Wundersagen
Beschwören mich, die uns so oft entzückt,
Wenn wir am Brunnen lagen in der Runde,
Und, sie zu hören von des Greises Munde,
Nah, immer näher ihm gerückt.
Laß auf dem Tigris uns in leichtem Kahne,
Umflattert von der Halbmondfahne,
Bei Liederklang und Spiel der Saiten
Vorbei an Bagdads Mauern gleiten,
Indes der Schatten seiner Gartenhaine
Sich auf den Wellen wiegt im Mondenscheine.
Da, Gerbert, wird das Eis des Grams im lauen
Lufthauch der Sommernacht dir thauen.

Sylvester.

Thu', Abu Zohar, mir den Schwur,
Streng mein Mysterium zu hüten,
So will ich Ein's, doch dieses Eine nur,
Dir anvertrau'n.

Abu Zohar.
Ich schwör's.

Sylvester.
                    Nach langem Brüten
In einsam mitternächt'ger Zelle

Sah ich in wundersamer Helle,
Die nicht von dieser Welt war, nebelhafte
Gebilde wallen. Als ermannt
Vom Schrecken, der mich erst zu Boden raffte,
Ich meiner Sehnen Kraft gespannt,
Stand aus jahrtausend langem Schlaf geweckt,
Noch halb vom Grabstaub überdeckt,
Vor mir der Schatten dessen, den ich aufgestört.
Genug; was ich von seinem Mund gehört,
Ist nicht gemacht für Menschenohren.
Der Worte, welche er zu mir gesprochen,
Wie Fluch des Himmels auf mir ruht
Ein jedes heut noch und gebrochen
Ist, Abu Zohar, mir der Mut.
Und doch, nicht läßt's mir Ruh, entriegeln
Das finst're Thor muß ich auf's neu.

Abu Zohar.
Freund, vor dem Reich der Geister, trage Scheu!
Hat Salomon mit sieben Siegeln
Den Kerker nicht, in den er sie verstieß,
Verschlossen, und damit ihm keiner könne nah'n,
Darüber hin den Ocean
Gelenkt? Im Koran, bitt' ich, die Geschichte lies.

Sylvester.
Nein! Habe Dank für dein Geleit,
Doch nun in dieser Felsen Einsamkeit
Laß mich allein, die ringsum starren;
Nicht lang in Tibur sollst du meiner harren.

(**Abu Zohar** ab.)

Nun, düst'res Felsenlabyrinth,
In deinem Kreis umschließ mich dichter.
Im Nebel, der hier von den Felsen rinnt,
Erlischt der letzte Strahl der Himmelslichter,
Ein Chaos rings, das ich nur ahne, doch nicht sehe!

Wie diesen Stab mein Arm hier schwingt,
Im Nebel, der aus allen Schluchten bringt,
Schon fühl' ich eure Nähe.
Wohlan, gestählt bin ich für alles Grau'n!
Du Sohn der früh'sten Urwelttage,
Aegyptens alter König, laß dich schau'n.
Sesostris, Antwort gib auf meine Frage!
Hat reich und reicher in der Welt
Des Lichts, zu der du eingegangen,
Dich die Unendlichkeit umfangen,
Hat sich des großen Rätsels Nacht vor dir erhellt?

Erste Erscheinung.

Tief, wo am Rande der Wüste
Das Felsengebirge sich hebt,
Lieg' ich in düsterem Schachte
Das Auge von Staub verklebt.

Den Deckel meines Sarges,
Mit bunten Bildern bemalt,
Hüllt Finsternis ein, die nimmer
Ein Schimmer des Lichtes durchstrahlt.

Was störst du das Nichtsein hier unten
Mit deinem Zauberspruch,
Daß wieder Bewußtsein mir dämmert
An des Daseins Fluch?

Wie ich von Lande zu Lande
Die Heere im Siegeszug
Dahin geführt, und zu Boden
Die blutenden Völker schlug.

Laß ab, daß die Erinn'rung
Nicht durch das Haupt dahin

In wildem Zug mir gleite
An das, was gewesen ich bin.

Wie über Berge, durch Wüsten
Der Heere wimmelnden Zug
Ich führte und über Meere
Fernhin mir Brücken schlug.

Mir schlich bei deiner Beschwörung
Dahin durch's Herz ein Krampf,
O laß nicht wieder durch's Haupt mir
Dröhnen der Rosse Gestampf.

Nicht leuchte vor mir der Boden
Von des Blutes grausigem Rot.
Erbarme dich! Störe mich auf nicht
Aus meinem ewigen Tod!

(Die Erscheinung verschwindet.)

Sylvester.

Er schwindet hin in's Nichts, dem er entstiegen,
Noch zittert mir sein Wort durch Geist und Sinn,
Durch alle Glieder lähmend hin,
Muß ich dem Grauen nicht erliegen?
Allein nicht über mich mehr bin ich Meister,
Auch ohne daß ich meinen Stab bewegt,
Erheben sich vor mir die Geister,
An die sich der Gedanke nur geregt.
Er der mein ganzes Denken lang erfüllt,
Vor mir empor da aus dem Boden taucht er.
Du bist es, ja! ich kenne dich, Erlauchter,
Der mir der Welt Geheimnis halb enthüllt;
Ach, halb nur! Leuchtend stiegen,
Durch dich beschworen, Bilder und Figuren
Vor mir empor; ich forscht' in ihren Zügen,

Und suchte in ein Ganzes sie zu fügen.
Allein in Luft zerrannen ihre Spuren,
Wenn ich sie fassen wollte. O erleuchte,
Erhab'ner, meinen dumpfen Erdensinn,
Das Dunkel banne, das noch keiner scheuchte,
Und führ' mich zu dem großen Borne hin,
Dem alles Wissens, alles Lebens Quelle
Entströmt in ew'ger Morgenhelle.

Zweite Erscheinung.

Wie der Atlantis Wunderland,
Das hehr vom Ocean umschäumte,
Also, ein leeres Luftgebilde, schwand
Hin Alles, was ich dacht' und träumte.
Wie wieder du mich weckst zu hellem Sein,
Matt dämmern um mich die Gestalten
Der Schüler, wie sie im Platanenhain
Des Akademos auf und nieder wallten.
Was ich gedacht, was ich gesonnen,
Wie Morgennebel ist's zerronnen.
Aus Zeichen, die ich selbst nicht fasse,
Nur dämmert, wie du so mich weckst, mir blasse
Erinnerung noch an das hehre
Traumbild von Diotima's Seherlehre.
Doch auf vergilbten Blättern matt
Nur scheint sie noch in halberlosch'nen Zeichen.
Nicht lang und Alles wird erbleichen,
In Staub zerfallen selbst das letzte Blatt.
Das Höchste auch, wozu mein Geist empor sich schwang,
Was Phädon von Unsterblichkeit gelehrt,
Wenn ein armseliges Jahrtausend lang
Noch die Erinnerung daran gewährt,
Verklingen wie das Lallen eines Kindes
Wird es, ein hohler Schall, im Hauch des Windes.
Geschlechter auf Geschlechter werden kommen,

Die meinen Namen nie vernommen,
Und Lehren And'rer, die sich weise dünken,
Gleich meiner in den ew'gen Strom versinken,
Der ruhlos flutend, alles Sein verschlingt.
Im Schoß des Ew'gen ist kein Mehr noch Minder,
Auch Plato war nur ein's der Eintagskinder,
Aus deren Staube neues Sein entspringt.

(Die Erscheinung verschwindet.)

Chor von Geistern.

Weit in den unterirb'schen Hallen,
Zerbröckelt, in Staub zerfallen,
Ist unser Gebein zerstreut.
Und ruhlos hingewälzt durch alle Räume hat
Unsere Reste das ewig kreisende Rad.
Was redet ihr Thoren von gestern, von heut?
In der Zeit, die schon hingeschwunden,
Sind Jahrtausende nur Sekunden,
Und die noch kommenden werden sich häufen
Zahllos, wie die Körner des Sandes am Meer.
Zerrinnen in nichts wird der Sterne Heer,
Wie Tropfen, die aus den Wolken träufen.
Hinstäuben in's ungeheure All
Wird dieser kleine Erdenball.
Und nicht Erinn'rung übrig bleiben
An all seiner Wohner wüstes Treiben.
Drunten dehnt in der Erde Schoß
Ein Totenacker sich, — grenzenlos, —
Drin Kronen und Scepter, zerbrochen,
Liegen zwischen zersplitterten Knochen.
Und hin durch ihre Höhlen und Klüfte stieben
Die Reste von Völkern, zu Staub zerrieben,
Daß nicht Erinn'rung an sie geblieben.
Laß ab, du Thor, dich zu müh'n, zu ringen!
Mit Allem, was du gewollt und erstrebt,

Wird dich die große Nacht verschlingen,
Als hätteſt du nimmer gelebt.
(Sie verſchwinden.)

Sylveſter.
Der Klang zerrinnt; doch wie ein Sturm
Noch brauſt es hin durch alle meine Sinne.
Mir iſt, die Welt und alles Sein zerrinne
Um mich in nichts. Daß ich nichts bin als nur ein Wurm,
Der ich ein Gott mich träumte, ward ich inne.
(Eine Schattengeſtalt hat ſich zu ihm geſellt und ſchreitet neben ihm weiter.)
Du da, wer biſt du, der mit ſchwankem Fuß,
Verhüllter, du an meiner Seite ſchleichſt?
Was nickſt du höhniſch zu mir deinen Gruß?
Fürcht' meinen Ingrimm, wenn du nicht entweichſt!

Die Geſtalt.
Auf dieſem Pfad, bedeckt mit wüſtem Schutte,
So wie der Weg des Lebens, den du ſchrittſt,
Steh', eh du einen Fußbreit weiter trittſt.
Sieh her! Ich lüfte meine Kutte!
Erkenne, Gerbert, wie in einem Spiegel,
In mir dich ſelber, wie du biſt und warſt.
Wie du von früh mit thörichtem Geflügel
Aus deinem Hirn Wahnbilder nur gebarſt.
Ich ſah dich, wie des Geiſterthores Riegel
Zu ſprengen in Toledo du geſucht,
Wie aus Arabiens krauſen Lettern
Den Sinn du löſen wollteſt, den verrucht
Auf alter Pergamente Blättern
Der arge Iblis, der Verführer,
Geſchrieben in der Schrift der Syrer.
Du glaubſt, im Buch, das alles Wiſſen
Umſchließt, ergründen würdeſt du den tiefen Sinn;
Doch ſeine Blätter ſtäuben ſchon zerriſſen
In alle Winde hin.

Der Haare jedes, welche silberweiß
Dein Haupt umfluten, mag dich mahnen, Greis,
Daß eine deiner Lebensstunden
In Irrwahn und in Frevel hingeschwunden,
Und daß die letzte bald dir naht,
Wo ausgefiebert deine Stirne hat,
Und wie in jeglicher der Schollen,
Wie sie auf beines Sarges Deckel niederrollen,
Des Weltenrichters Mahnruf dir ertönt,
Den durch dein Treiben du gehöhnt.
„Der du gerüttelt an des Abgrunds Thoren —
So hallen wird der Ruf zu beinen Ohren —
Um an geheimen Wissens Schätzen,
Verbot'nen, deinen Sinn zu letzen,
Fruchtlos war, was du gestrebt, gerungen;
Das Grab hat es, wie dein Gebein, verschlungen.
Wer eine Thräne nur gestillt,
Die von des Elends Wimper träufte,
Vernimm, daß mehr vor Gottes Thron er gilt,
Als wer des Wissens reichste Schätze häufte."

Sylvester stürzt in einen Abgrund; sein Doppelgänger verschwindet.
Alethes, gefolgt von **Mönchen**, **ein Hirte** des Gebirges treten unten in der Schlucht auf.

Alethes.

Die Heil'gen alle laßt uns preisen,
Daß dich wir hier gefunden, Hirt.
Komm, durch die Schluchten uns den Weg zu weisen,
Daß wir dem Wandrer, der verirrt
Durch's Dunkel schweifte, aus der grausen
Sturmnacht in unf'res Klosters stillen Klausen
Zuflucht gewähren. Wehe denen,
Die in die Schlünde, welche drunten gähnen,
Hinunterstürzten. —

      Da! Beim Schein der Blitze
Seht ihr den Greis dort liegen? Brüder,

In diesen Abgrund muß er nieder
Gestürzt sein von der nahen Felsenspitze.
Von seinem Haupte quillt in breiten Tropfen
Sein Blut; nur matt noch scheint sein Herz zu klopfen.
Tragt ihn in unser Kloster, ihn zu pflegen,
Und laßt uns um ihn knieen im Gebet.
Für manchen schon in unserm Paraclet
Erflehten so wir Trost und Segen.
    (Sylvester wird vom Abt und den Mönchen fortgetragen.)

Zwölfte Scene.

Platz in Rom. Hinten der Palast des Marimus.
Großes Volksgedränge.

Erster Römer.

Ein alter Römer bin ich und nie
Doch hab' ich gleiches Getümmel erblickt;
Im Gedränge fast wird man erstickt.

Zweiter Römer.

Da, die Horde Barbaren sieh!
Das Oberste wälzen sie nach unten.
Halbnackt die einen, die andern in bunten
Trachten, wie keiner sie noch gewahrt.
Glatt ist der Kopf und das Kinn dem einen,
Dem andern aber hängt bis zu den Beinen
Herab das Haupthaar und der Bart.

Erster Römer.

Der Tag des Zornes, vom Psalmisten
In grauer Urzeit wahrgesagt,
Dämmert auf, und Heiden und Christen
Fliehen, von Entsetzen gejagt,
Vor dem grausen Morgen, der dämmernd schon tagt.
Zum Staube fleh'n sie, der ringsum stäubt,
Sie in seine Wirbel zu bergen,
Und Tote erheben sich angstbetäubt
Bei dem nahen Gericht aus den Särgen.

Dritter Römer.
Altweibergeschwätz! Laßt solche Mären
Ammen die kleinen Kinder lehren!
Nur ruhig, wenigen wird es gelingen,
Durch die Thore herein zu bringen.

Erster Römer.
Und dennoch in den Lüften schwirrt's
Von Keulen und Aexten, die sie schwingen,
Daß mir das Blut in den Adern gerinnt.
Dunkel davon vor den Augen mir wird's.

Dritter Römer.
Weißt du zu sagen, wer alle sie sind?

Zweiter Römer.
Aus fernen Ländern, fremd von Namen
Sieh die da in ihrer Bärenhaut,
Die vom Pole des Nordens kamen,
Wo kein Morgen am Himmel graut!
Auf grausen Drachen, so geht das Gerücht,
Schwamm durch das Meer heran dies Gezücht.
An aller Länder und Inseln Küsten
Landen bald hier sie und bald dort;
Spießen das Kind an der Mutter Brüsten
Und führen in Knechtschaft die Männer fort.

Erster Römer.
Hilf Jesus! Und die dort, denen die langen
Gewänder herab zu den Füßen hangen?

Zweiter Römer.
Aus Sicilien und Spanien kommen
Sie den Tiber heraufgeschwommen,
Und würgen und wüten, daß zu den Lehren
Ihres Götzen, der Mahom heißt,
Sich die Kreuzanbeter bekehren.

Vierter Römer.

Schweig, Thor! Was du nicht Alles weißt.
Einzig um süße Limonen und Feigen,
Von denen sie hörten, wie trefflich sie schmecken,
In unserm Land zu erhandeln, besteigen
Die Schiffe da die Nordlandsrecken,
Und wärmen bei uns sich, da hier der Jänner,
Wärmer ist, als ihr August.

Erster Römer.

Und die dort?

Vierter Römer.

Das sind Muselmänner.
Laßt ihnen doch ihre Reiselust!
Sie bringen uns von ihren Bazaren
Shawls und Moschus und Räucherwaaren.

Erster Römer.

Was hilft es uns dies vorzuspiegeln?
Durch Thore mit gesprengten Riegeln,
Ueber Mauern und Gräben und Schanzen
Wälzt sich der wilde Schwarm heran.

Lelius auf einem Kriegswagen mit einem Gefolge von Gewaffneten.

Lelius.

Treibt fort das Volk mit euren Lanzen,
Es sperrt den Weg für mein Roßgespann.
Gefährten, reiht euch um mich und vernehmt:
Wenn treu ihr zu mir halten werdet,
So ist dies Rom noch nicht gefährdet.
Doch plötzlich ist Maximus wie gelähmt;
Nicht kennt man mehr in ihm den Alten,
Der gegen Tausende Stand gehalten.

Seit los sich von ihm sein Eidam gesagt,
Fast scheint's, daß er die Tochter beklagt.
Indessen Feinde von außen und innen
Ihm drohen, verschließt er in düsterem Sinnen
Sich in sein Gemach. Sei's. Anvertraut
Ist Rom's Geschick uns. Also baut
Auf unser Glück! wir werden vereint,
Sei doppelt auch, sei dreifach der Feind,
Ihn bezwingen. Vor Allem ist not,
Den Rebellen und dem frechen
Hilario den trotz'gen Sinn zu brechen,
Und Bruno, müßt es sein, durch den Tod,
Weg von Cäcilia's Seite zu reißen;
Denn nach des höchsten Gottes Gebot
Darf ein Priester nicht Gatte heißen.
Maximus, sag' ich, trotz seinem Eide,
Begnadigt in seiner Ohnmacht beibe.
Auch Benedictus, dem Spießgesellen
Bruno's, laßt uns das Urteil fällen,
Und vollstreckt sei's gleich mit dem Beil!
Nun, stimmt ihr mir zu?

Die Gewaffneten.
Heil, Lelius, Heil!

Hilario mit seinen Anhängern tritt auf.

Hilario.

Unholde! Was hier vor dem Schlosse tobt ihr?
Hinweg! sonst unsere Kraft erprobt ihr.
Cäcilia wohnt dort und wer sich getraut,
Daß er nach ihrem Fenster schaut,
Seh'n soll er, wenn mein Schwert ich schwinge,
Wie tot er sinkt vor meiner Klinge!
Auch Maximus, obgleich in Zwist wir schieden,
Steht unter meinem Schutze. Plötzlich sank

Er auf das Siechbett fieberkrank.
Geh'n will ich, um dem Lebensmüden
Mich zu versöhnen, eh's zu spät.
Zurück mit euch, die den Pfad ihr mir hemmt!

Lelius.

Schützt das Thor! Entgegen stemmt
Euch ihnen. Fest im Kampfe steht!
Sei auch ganz Rom vom Blute überschwemmt!

Dreizehnte Scene.

Im Palast des Maximus; hinten Bogenfenster mit Aussicht auf einen Garten.

Maximus (auf einem Ruhebett).

Mich flieht der Schlaf und wüste Träume ziehen
Doch durch das wache Hirn. Als ich im Kampf
Mit eingedrung'nen Horden sinnbetäubt
Zu Boden hingesunken, jäh erweckt
Sah einen Glanz ich über mir in Lüften
Und hörte eines Engels Ruf: „Was ist's,
Das, Wahnbethörter, dir den Geist umnachtet?
Der Herr will Knechtschaft nicht, nicht Tyrannei.
Der Liebe und des Friedens Reich zu gründen
Kam Petrus, der Apostelfürst, nach Rom.
Und Haß und Sklaverei, das grause Paar,
Zog mit dir ein in die geweihten Mauern.
Kehr' um, Bethörter!" Wäre all mein Sein
Fruchtlos gewesen? Von mir fortgestoßen
Hab' ich erbarmungslos mein Kind, entfremdet
Hilario mir. Kann ich sie noch versöhnen?
Durch's Fenster da — ist's eine Glanzerscheinung,
Wie's die des Engels war? — seh ich die Tochter —
Cäcilia!

Cäcilia (auftretend).

Vater!

Maximus.
Tritt heran, mein Kind;
Ich sah dich lange nicht.
Cäcilia.
O, sorgenvoll
Um dich, wie viele Tage, Nächte war ich.
Ich kühlte dir die Stirne, suchte dir
Durch frischen Trank des Fiebers Glut zu lindern.
Allein, du hörtest nicht.
Maximus.
Vergib, Cäcilia!
Hart war ich gegen dich; du sollst erproben,
Daß ich dein Bestes will.
Cäcilia.
Um eines fleh' ich:
Scheuch diesen Lelius von dir. Ein Gewitter,
Das dir, das Allen uns Verderben droht,
Schon brütet lang auf seiner finstern Stirn!
Weh, weh! wenn es sich über uns entlädt.
Maximus.
Ausspricht du, was ich selber im Geheimen
Mir schon gesagt. Allein, vor Allem jetzt
Ist nötig: Nach dem Willen Gottes, dran
Der Mensch nicht rütteln darf, verboten ist
Die Priesterehe. Laß von Bruno drum!
Cäcilia.
Sein Weib bin ich und kann das Band nicht lösen.
O Vater, retten kannst du ihn und mich,
Wenn du nur willst.
Maximus.
Nicht hört der Ew'ge Schwüre,
Wenn seinem Willen sie entgegen sind.

Cäcilia.
O Vater, wird's mir schwer auch, dich zu lassen,
Dem Gatten folgt das Weib. Noch Länder sind,
Noch Städte viel, in deren Kirchen Priester
Dem eig'nen, treuen Weib, den lieben Kindern
Die Sakramente spenden. Wenn dies Rom
Verödet ist, dort Zuflucht finden wir.
Dein ist die Macht, o Vater! laß uns zieh'n!

Maximus.
Wie ich dich höre, wieder dich zu seh'n,
Cäcilia, glaub' ich, als du noch ein Kind
Zu meinen Füßen spieltest, wie du dann,
Wenn ich zu Rosse stieg, den Helm mir brachtest,
Den deine Aermchen mühsam nur erhoben.
Gern alles, was du bittest, dir gewähr' ich,
Nur dieses nicht.

Cäcilia.
    Mein Todesurteil so
Sprichst du.

Der Kanzler (tritt auf).
    Gebieter, Zutritt nicht zu dir
Gewähren sollt' ich. Doch so dringend sei der Fall,
Der sie herführe, sagt am Thor ein Ausschuß
Der Tiburtiner, daß Gefahr für Rom
In jedem Augenblick des Zögerns drohe.
Laß ich sie ein?

Maximus.
    Es sei; du, Tochter, bleib!
So, richt' mich auf, daß steh'nd ich sie empfange.

Deputation der Tiburtiner.

Sprecher.
In der Parteien Kampf, der Rom durchtobt,
Droht Allen Untergang. Zusammen hat

Sich eine Anzahl Bürger drum geschaart,
Daß sie des Rechtes und der Ordnung walten,
Sofern du als der Oberherr die Vollmacht
Dazu uns gibst.

Maximus.
Sprecht kurz; was ist der Fall?

Sprecher.
Von Straße hin zu Straße, in den Häusern,
In der Paläste Türmen wiederum
Bekämpfen sich um Worte, allzutoll,
Als daß ich, was sie heischen, sagen könnte,
Der Römer viel. Geschlossen wurde drum
Von uns ein Bund, daß wir dem Unheil steuern.
Laß dies besiegeln, und wir handeln flugs.

Maximus.
Es sei! nehmt, Kanzler!

Sprecher.
Dann ein ernster Fall!
Wenn furchtbar schon der Menschen Bosheit ist,
Zu größerm Unheil haben Höllengeister
Mit ihnen sich verschworen. Männer, Frau'n,
Im Bunde mit Dämonen, also raunt
Entsetzt die Menge, üben Zauberkünste.
Den Blitz vom Himmel wissen sie zu zieh'n,
Durch Gifte, die sie in die Brunnen streuen
Und an die Häuser streichen, hat die Pest
Schon Manchem beim Vorbeigeh'n Tod gebracht.
Auch diese Frevler streng zu strafen, Herr,
Gib uns Befehl.

Maximus (zum Kanzler).
Du stell die Vollmacht aus!

(**Lelius** ist schon während der vorigen Rede mit Gewaffneten eingetreten.)

Lelius.

Daß du zur Strenge neu dich aufgerafft,
Ich preis' es, Maximus. Gern neben dir
Wenn du in frevle Schwäche nicht zurückfällst,
Will ich als Zweiter steh'n. Als Sieger tret' ich
Vor dich. Hilario ist bewältigt
Und die verdiente Strafe fall' aufs Haupt ihm.

Maximus.

Hilario? Anlaß zum Zwist kaum gab
Er mir.

Lelius.

    Wenn du ihn schonst, verdoppelt trifft
Ihn meine Rache. Doch zuvor mit dem,
Den dort der Häscher bringt, laß reden mich —

(**Bruno** wird von einem Häscher hereingeführt.)

Lelius.

Der Worte, Bruno, will ich eines nur
Von dir. Entsagst nach dem Gesetz der Kirche,
Das Priestern nicht den Ehebund gestattet,
Du deinem Weib? Sprich ja und du bist frei.
Wo nicht, verfallen ist dein Haupt dem Beil.

Bruno.

Du schändest mich, indem du mich noch fragst.
Könnt' an den Himmel ich in Flammenzeichen
Mein Nein hinschreiben, daß von Land zu Land
Es strahlte, und des Herren Diener alle
Aufriefe, treu an ihrem Schwur zu halten,
Im Staube, freche Diener der Gewalt,
Zu uns dann flehen würdet ihr, daß wir
Von euch, des heil'gen Sakramentes Schändern,
Den schon nach euch gezückten Bannfluch wenden,
Den Bannfluch, hört es, den ein Höherer
Als alle Päpste auf das Haupt euch schleudert.

Schad, Das Jahr Eintausend.   7

Cäcilia.
Dein bin ich, Bruno, Himmelsseligkeit
Wird uns des Kerkers tiefste Nacht erleuchten,
Wenn wir einander in den Armen ruh'n;
Und wenn sie durch die Folter mir die Glieder
Zerreißen, bist bei mir du nur, Geliebter,
So selig werd' ich sein, wie in der Stunde,
Da auf dem Mund dein erster Kuß mir brannte.
Maximus.
Cäcilia! Von dem Verruchten laß;
Kehr heim zu mir. In meinen Armen fühlen
Sollst du, wie Vaterliebe süßer ist.
Und findest du bei mir im Hause nicht
Genüge, einen Gatten geb' ich dir,
Daß dich auf ihrem Throne von Korallen
Des märchenhaften Ostens Kaiserinnen
Beneiden sollen.
Lelius.
      Schergen, reißt das Weib
Aus des Verbrechers Arm! Und, Maximus,
Nimm hin die Tochter! Aber, Bruno, dir,
Mit mehr Geduld, als du verdienst, noch stell' ich
Dir eine Frist. Wenn hier im Stundenglas
Der Sand von zwei Minuten hingeronnen,
Und du den Bund mit diesem Weibe nicht
Mit einem Eid, so feierlich wie der,
Mit dem du ihn geschlossen hast, entsagst,
So trifft dich Tod, geschärft durch jede Marter,
Die das Gesetz für Ketzerei verhängt.
Doch schwörst du, wie ich heische, frei bist du.
Bruno.
Wozu die Posse? Rinnen mag der Sand
Bis sich die Stunden zu Jahrtausenden
Gehäuft, in meinem Nein nicht werd' ich wanken.

Lelius.
Schweig, bis die Frist verrann!
Maximus.
Nochmals, Cäcilia:
In deines Vaters Arme kehr' zurück!
Ist's doch, als ob der Zauberinnen eine,
Die man auf mein Gebot zum Holzstoß führt,
Dir's angethan und dich mit Liebestränken
Bethört, daß von dem Frevler du nicht lässest.
Cäcilia (für sich).
Gott habe Dank! In dieses Abgrunds Nacht,
In dem ich taumelnd irre, einen Strahl
Auf einmal wirfst du. Ja, den Weg,
Um ihn zu retten, Ew'ger, zeigst du mir.
Kurz ist die Trennung nur; er hier und droben
Erwart' ich ihn im ew'gen Licht.
Lelius.
Verronnen
Ist deine Frist; zum letzten Mal nun sprich!
Bruno.
Führt mich zum Tode! Du leb' wohl, Cäcilia!
Auch noch im Sterben nenn ich dich mein Weib
Und weiß, daß deine Seele treu mir ist,
Wenn auch dein Mund mich abgeschworen hat.
Cäcilia (laut und feierlich).
Hör' mich! Ihr Alle hört, was mich die Seele
Zu sagen lang gedrängt. Nicht Schuld ist dieser;
Ich bin's, die durch verruchte Zauberkunst,
Von Hekate und ihren argen Schwestern
Erlernt, ihn an mich band. Für meine sünd'ge Gier
Führt mich zum Tod, das heisch ich als mein Recht.
Maximus.
Mein Kind, mein Kind, hat Wahnsinn dich befallen?

Bruno.

Cäcilia, starr steh' ich. Willst du, daß ich
Den Tod statt ein Mal tausend Male sterbe?

Lelius.

Im Turm dort beines Schicksals sollst du harren,
Weib, bis die Richter dir das Urteil sprechen.
— Dem Bruno löst die Ketten, er ist frei!

Maximus.

Dein Mörder ich, Cäcilia?! — Laßt sie frei!
Ich, ich befehl' es; wer ist Herrscher hier,
Als ich?

Lelius.

Du bist's gewesen, Frecher. Nun
Hier aus dem Schloß als Vater der Verruchten
Dich treib' ich; sei zufrieden, wenn als Anwalt
Der Argen nicht auch du ihr Schicksal teilst.

(Auf Cäcilia weisend.)

Führt diese in den Kerker ab, ihr Büttel!

Cäcilia.

Leb' wohl, mein Bruno, leb', mein Vater, wohl!

Vierzehnte Scene.

Platz in Rom.

(Hilario mit einer großen Anzahl von Kriegern.)

Hilario.

Vorwärts! Gewonnen bald ist unser Spiel.
Schon Straße über Straße fiel
In unsre Hände. Bald erliegen muß
Der Stadtteil auch, den Lelius
Noch mit den Helfershelfern inne hat.
Vorwärts zu seinem Schloß, mag auch in einem Bad
Von Blut der Fuß uns knöcheltief versinken.

Erster Krieger.

Vorwärts, wir folgen deinen Winken.
Doch in der Gasse da, welch wüstes Toben?

Hilario.

Dort feile Knechte der Gewalt
Seh' ich, wie dicht zum Knäu'l geballt,
Und Weiber, die, die Hände bang erhoben,
Die Heil'gen anfleh'n, aus den Händen ihrer Pein'ger
Sie zu befrei'n, indessen sich die Matten
Fruchtlos zu klammern suchen an die Gatten.

Ein Weib.

Erhöre mein Gebet, Dreiein'ger!
Den Boden spaltend unter ihren Füßen

Laß diese Argen ihre Frevel büßen,
Und unsern Kindern nicht die Väter
Entrissen werden durch die Missethäter.

Ein Priester.
Da Schurke, lieg! Mit deinem Blute schreib' ich
Auf diesen Boden meinen Schwur:
Auf ewig meines Weibes Gatte bleib' ich!

Hilario.
Schon flieh'n die Schergen. Sammelt alle nur,
Ihr Priester, euch mit Kindern und mit Frauen
Um mich; auf meinen Schutz könnt ihr vertrauen.
Brecht auf, ihr Krieger; nach der engen
Thalschlucht, die zwischen Felsen eingekeilt
Zunächst dem Capitol liegt, eilt!
Frei ist der Weg, die Kerker sprengen
Dort müßt ihr, wo Abt Benedikt
Im dumpfen Qualme schmachtend, fast erstickt.

Bruno (hastig auftretend).
Hilario, jetzt soll sich zeigen,
Ob Gott, ob Satan diese Welt regiert.
Noch ward, seit Mütter Kinder säugen,
Nicht gleiche Missethat vollführt.
Das höchste meiner Lebensgüter
Entriß mir der vom Blut berauschte Wüter.
Cäcilia, meine Gattin, läßt in Ketten
Er schmachten hinter eines Turmes Eisenthüren.
Und kann ich sie aus seinen Klau'n nicht retten,
Auf's Blutgerüst läßt er sie führen.
Hilf, hilf, Hilario!

Hilario.
    Nicht umsonst mich ruffst du.
Wenn ehmals du mein Nebenbuhler warst,

Nun mich zu deinem Freunde, Bruno, schuffst du,
Der Kühnheit du mit Seelenadel paarst.
Zu dir noch vor des nächsten Morgens Schein
Führ' ich Cäcilia, die durch mich befreite,
Und stolzer drauf als auf die Siege sein
Werd' ich, die ich erkämpft im Waffenstreite.

———

Fünfzehnte Scene.

Das Innere eines finsteren Turmes.

Cäcilia (allein).

Du bist bei mir, ja du! Wie auch,
Daß ich's in dieser grausen Nacht ertrüge,
Wenn ich nicht fühlte deines Atems Hauch,
Wenn heiß dein Herz nicht an das meine schlüge.
Mein Bruno, hier an deine Brust geschmiegt,
Von deinem trauten Arm gewiegt,
Wenn deine Augen, sich im feuchten
Lichtglanz der meinen spiegelnd, auf mich niederleuchten,
Seh' droben ich des Turmes Dach sich spalten;
Mir ist, fern durch das Unermess'ne wallten
Aus deiner Augensterne Zwillingspaar
Die Strahlen auf mich nieder, himmlisch klar,
Und zögen mich empor, empor,
Bis wo vereint einst mit der Sel'gen Chor
Wir schweben und durch Ewigkeiten
Von Himmeln hin zu neuen Himmeln gleiten. (Pause.)
Was weckt mich? Höllentief und schwarz
Ist dieses Dunkel, wie auf Erden keins.
Tief unter mir im Boden scharrt's.
Ist es der Ton des bröckelnden Gesteins?
Ist es der Maulwurf, der hinauf, hinab
Sich Gänge wühlt in diesen feuchten Schollen?
Ist es der Totengräber, der ein Grab
Mir schaufelt, drin sie mich bestatten wollen?

Hinweg! hinweg! Es leckt
Ringsher nach mir mit gier'gen Zungen.
Von einer Schlange kalt den Hals umschlungen
Fühl' ich. Entgegen streckt
Der Henker mir den Arm, mich zu ergreifen,
Zum Holzstoß mich zu schleifen. (Pause.)
Nun wieder stumm und grausig still,
Wie, eh' ein Mörder morden will,
Er seinen Odem hemmt, indem er zagt
Den eig'nen Atemzug zu hören!
Dort wieder laut wird's in der leeren
Grausigen Oede! Von der Zeit zernagt
Sinkt das Gemäuer hin. Nein, Dröhnen
Von Stimmen hör' ich; laut und lauter wird's.
Ein Rufen, Fluchen, Jauchzen, Höhnen;
Mir im Gehirne singt's und schwirrt's.
Der Waffen Klirren und der Eisenräder,
Der aneinander dröhnenden, Geroll
Dringt mir zum Ohre grausenvoll.
Mir in den Adern starrt der Pulse jeder.
Schon hör' ich zwischen den gehäuften Scheiten
Des Holzes, das in Brand die Henker stecken,
Die Flammen gierig nach mir lecken. (Niederknieend.)
Ihr Heil'gen, ihr Gebenedeiten!
Wie Kraft ihr in der Marterkammer
Mir schon gelieh'n, so steht mir bei,
Daß aus des Leibes und der Ketten Klammer
Mein Geist sich aufwärts schwinge sündenfrei.
Und wenn versunken mir die dunkle Erde,
Gönnt mir, daß ich um ihn, für den ich hin mein Leben gebe,
Um meinen Bruno als sein Schutzgeist schwebe,
Bis an des ew'gen Lichtes Strahlenherde
Ich einst mit ihm vereinigt werde.

(Die Thüre des Kerkers öffnet sich und Henker treten ein.)

Sechzehnte Scene.

Großer Platz; weiter hinten ein hoher Scheiterhaufen.
Lelius und eine große Schaar seiner Krieger.

Lelius.

Fester zusammen schließt euch,
Daß unsere Reihen keiner durchbreche,
Und in Flammen und Rauch
Ihre Frevel die Zauberin büße!

Erster Krieger.

Herr, in immer dichtern Massen
Heran durch die Thore und Straßen wogen,
Wälzen Schwärme Gewaffneter,
Keiner weiß, von wannen,
Sich wider uns heran!
Maximus, die Tochter zu befrei'n,
Hilario und Bruno mit ihm
Führen sie an.
Und wir, zu einem Häuflein geschmolzen,
Wie sollen wir widerstehen?

Lelius (ihn niederhauend).

Falscher, da lieg,
Eh' deine Zunge Bestürzung
In unseren Reihen verbreitet.
Horch! In den Angeln dreht sich des Turmes Thor!
Laßt offen den Weg, ihr Krieger,
Für die Satansverbündete.

Da, in der Mitte der Büttel, kommt sie,
In Flammen die höllische Hochzeit zu feiern.

Cäcilia (wird in Ketten hereingeführt).

Habe Dank, du meiner Seele Zuflucht,
Erlöser der Welten,
Der seligen Frieden
Wie eine lichte Wolke
Du bei dem letzten Gang
Auf den Pfad mir breitest!
Leuchtet auf, ihr Flammen!
Eine himmlische Morgenröte mir seid ihr,
In der ich, wie in ein Lichtgewand gehüllt,
Gen Himmel schwebe.
Mein Bruno, wo bist du?
Ach, daß ein letzter Blick deines Auges,
Auch fernher zitternd nur, mir sagte,
Daß du lebst, daß fruchtlos ich nicht gestorben.
Ja, ich fühl' es an der Lüfte seligem Hauch,
Die mich umweh'n, du bist mir nah!
Dein Odem ist es, und süßer nun
Wallt er um mich, als da ich in Tiburs Garten
In den Armen dir lag. —
So führt mich empor auf den Holzstoß!

(Sie wird von den Schergen fortgeführt.)

Bruno, Maximus, Hilario und **Krieger**, alle mit gezückten
Schwertern bringen gewaltsam heran.

Bruno.

Hinweg, ihr Schergen, den Sturmwind eher
Hemmt auf seinem Wege als mich!
Zu ihr! Zu ihr! Wo ist sie?
Meinem Blick entschwunden
In der Wüt'riche Menge!

Krieger des Lelius.

Da lieg am Boden, du Frecher!

Auf beinen Rücken dir setz' ich die Ferse,
Und ihr, mit eurem Haupt mir bürgt ihr,
Daß er nicht los sich reißt.
(Bruno wird zu Boden gerissen.)

Maximus.
Verderber, meines Hauses Schänder!
Wo ist Cäcilia? Gebt sie zurück mir!

Hilario.
Ja, Unhold, über dich hin
Bahn' ich den Weg uns zu ihr.

Lelius.
Hör', mit ihrer Schwerter Sausen
Meine Tapfern die Antwort dir geben!

Bruno.
Da, hoch auf den getürmten Scheiten
Nach mir späht sie! Ihr Auge erkennt mich!

Lelius.
So den Kometen vom Himmel
An seinem flatternden Lockenhaare,
Wie sie von des Richtpfahls
Siebenfachen Ketten mögt ihr reißen!

Bruno (sich mit Gewalt losreißend).
Nimm das, Verfluchter!
Und labe dich drunten am Jubelgruß,
Mit dem dich die Teufel empfangen!

Lelius.
Nun willkommen mir, ungeheurer Abgrund,
In deine untersten Tiefen schling mich hinab.
Schon der Teufel Grüße vernehm' ich,
Die jubelnd mir die Arme entgegenstrecken!
(Er stirbt.)

Bruno.
Die Bahn ist offen! Hin nun zu ihr!
Was reißt ihr zurück mich, Schergen?
Ihr Alle dort hinter uns, ihr Tausende,
Habt ihr nicht Macht, durch diese Schaar
Von Wüt'richen Bahn euch zu brechen?

Maximus und Hilario.
Wir sind und die Unsern mit dir.
Hier stäuben sie auseinander schon vor uns
Des Lelius Rotten!
Zur Hölle mit ihnen, wie schon mit ihm!

Bruno.
Hindurch, hindurch zu ihr!
Nein, wie unter Felsenlast
Empor nicht kann ich mich raffen.
Noch aufrecht steht Cäcilia;
Doch hoch und höher, von Scheit zu Scheit
Lecken, züngeln die Flammen.
Empor an ihrem Gewande
Nun ringeln sich die roten Schlangen
Und in der höher schießenden Glut
Schwindet sie. — Ihre Asche
Verweht hinstäubend in alle Winde,
Geschmolzen tropft nieder die Himmelswölbung.
Wahnsinn, zuck' hin durch mein Hirn
Und birg mit deinem düstern Schleier
Mich vor dem eigenen Selbst!

(Er stürzt zu Boden.)

Hilario.
Auseinander, seit Lelius gefallen,
Stäubt seine wütende Rotte.
Ihrer die letzten, die noch den Richtplatz gehütet,
Winden sich am Boden.

Doch zu spät unser Sieg!
Krachend zusammen bricht der Holzstoß!
(Während des Vorhergehenden ist **Maximus** auf den Holzstoß zugestürzt, wo die Scheiter über ihm zusammensinken.)

Benedict und **Rufus** treten auf.

Benedict.

Was, Rufus, thaten sie uns den Kerker auf,
Wenn hier uns grausere Schrecken empfangen,
Als in der Grabnacht drunten?
Ueber Leichenhügel strauchelt unser Fuß.
Erkenn' ich ihn noch? Maximus
In dem Aschenstaub, der Alle bedeckt!
Wohl ihm, daß in Reue die Frevelschuld
Von früher er büßte.

Rufus.

Da bu, mein Bruno, unter den Gewürgten!
Ein Zucken in deinen Gliedern
Kündet, daß Leben noch in dir glimmt.
Freunde! Ueber der Wahlstatt,
Die Cäcilia's Martyrtod geheiligt,
Laßt ein Bündniß uns schließen,
Um unser Aller Mutter,
Dies Rom noch zu retten.

Benedict.

Wie unter sturmgeschleuderten Schiffen das Meer,
Furchtbar wogt und flutet unter ihm der Boden.
Schon leise hier, dort lauter
Von Mund zu Munde gehen Stimmen
Den nahen Weltuntergang verkündend,
Den für des Jahrtausends Ende
Propheten und Sybillen geweissagt.
Ob so des Höchsten Wille in Erfüllung geht,
Verhüllt den Menschen hat es das Schicksal.
Doch uns ist auf's Haupt gelegt,

Für Rettung, wenn eine noch ist,
Zu wirken, zu schaffen.
Vom Grab einer alten Welt
Nach einer neuen
Schau'n hoffend aus die Nationen.
Laßt hin uns zieh'n nach Tibur!
In des Kerkers düsterm Grauen
Erschien in prophetischem Traum mir ein Cherub und
  sprach:
„Sylvester wird durch Irrtum und Schuld und Büßung
Siegreich empor sich ringen,
Und vom veröbeten Sitz des Apostels,
Durch so viel Frevel entheiligt,
Segnend über ein neues Jahrtausend,
Das sich eben dämmernd am Himmel aufschwingt,
Die Arme breiten!"

Hilario.
Brich auf; ich folge dir, heiliger Mann.
Und als schützender Engel wird, ich weiß,
Cäcilia's Schatten über mir walten.

Rufus.
Mein brünstiges Fleh'n geleitet euch, Brüder.
Mich aber hält's bei dem teuren Bruno,
Dem Unsel'gen. Vom Himmel mir auferlegt
Fühl' ich die Sorge für ihn.

Hilario, Benedict.
Düster ist die Stunde, doch freudig der Mut;
Auf Wiedersehen, Bruder, wir scheiden.

Siebzehnte Scene.

Saal im Kloster des Paraklet bei Tibur.

Alethes und eine Anzahl von Mönchen. Sylvester auf einem Lager schlummernd. Später Abu Zohar.

Alethes.

Welch sel'ger Friede ruht auf seinem Antlitz,
Indes mit seinem greisen Lockenhaar
Der Frühwind spielt und sanft hin auf die Stirn
Das Morgenrot sich legt. Erweckt ihn nicht!
Doch leise, leise fleht mit mir zu Gott,
Daß aus der Nacht, die ihn umgibt, sein Geist
Sich völlig ringe. Klar und immer klarer
Bricht durch der Wolken düstere Umhüllung
Von Tag zu Tage mehr schon sein Gedanke.

Erster Mönch.

Ehrwürdiger, wenn er genest, nur dir
Dankt er's. Wie lange schon, indessen du
An seinem Lager wachtest, schloß kein Schlaf
Dein Auge! Endlich gönne Ruhe dir!

Alethes.

Er regt sich; geht zurück und laßt allein
Mit ihm mich hier!

Sylvester (aufblickend).

　　　　　　Wer bist du, der so mild
Auf mich hernieder blickt. Schon wenn empor
Aus den Entsetzensträumen hie und da

Ich schaute, die hin durch die Seele mir
Das Fieber jagte, sah ich dich und sank
In sanften Schlaf zurück.

Alethes.

Gönn', heil'ger Vater,
Mir diesen Kuß auf deine Hand zu drücken,
Und schweigend dann an deinem Bett zu knieen,
Indes die Engel deinen Schlaf bewachen.
Nicht rede weiter; langer Ruhe noch
Bedarfst du.

Sylvester.

O, wie wunderbar auf einmal
Durch alle Adern fühl' ich neue Kraft
Mir strömen. Doch ich folge deinem Willen.
Die eine Bitte nur gewähre mir,
Indes ich schweigend ruhe, laß das Lied,
Das göttliche, vor meinem Ohr erklingen,
Das, als ich auf dem Schmerzenslager ruhte,
Gleich dem Gesang der Engel an der Krippe
Des Wunderknaben, wonnig mich umrauscht.

(Gesang der Mönche: Gloria in excelsis Deo et pax in terra hominibus.)

Sylvester.

Mir ist, mich trügen aufwärts diese Stimmen
Von unsrer dunklen Erde. Hinter mir,
Wie ein Gewitter, das fernhin verrollt,
Seh ich die dunklen Jahre sinken,
Als ich Betörter Schatten nachgejagt.

Alethes.

Vergönne, heil'ger Vater, daß die Frommen,
Die dieses Lied gesungen und im Kloster
Des Paraklet Mitbrüder sind von mir,
Sich dir in Ehrfurcht neigen!

Sylvester.

Sei der Segen

Des Herrn mit euch. Sah ich euch, fromme Männer,
Dich da und dich — bekannt scheint mir eu'r Antlitz —
Nicht ehmals schon? So wie durch Nebel taucht
Eu'r Bild aus alter Zeit mir wieder auf.

Erster Mönch.

Im Lateran, gebenedeiter Vater,
Nun lange Jahre sind's, wenn deinen Segen
Ringshin du spendetest, und wir beim Hochamt
Die Weihrauchfässer schwangen, sah'n wir dich.

Alethes.

Ich sage nur, daß, heil'ger Greis, des Redens
Zu viel es für dich werde, einen sonst
Noch vor das Antlitz führen würd' ich dir,
Der lang vor dir sich in den Staub zu werfen
Sich sehnt. Aus alten Tagen kennst du ihn.

Sylvester.

Du, Abu Zohar, Freund aus alter Zeit,
Reich mir die Hand!

Abu Zohar.

       Daß ich mit Reuethränen
Sie netze. Nicht derselbe blieb ich mehr,
Den du gekannt, als er im Land der Heiden
Von Truggebild zu Truggebild getaumelt.
Ernst nach dem Vorbild dieser frommen Männer
Hab' ich den Weg der Läuterung betreten.
Du prüfe mich, und, glaubst du würdig mich,
Nimm neu mich in den Schoß der Kirche auf.

Alethes.

Und nun verstatt' uns, dich allein zu lassen,
Und gönne Ruhe, heil'ger Vater, dir!

Sylvester.

Nicht doch! Von wunderbarer Kraft erfüllt
Auf einmal fühl' ich mich. Leih mir den Arm,

Daß ich empor mich richte! So! wie einst
Hin vor den Altar treten könnt' ich jetzt,
Um spenden mir des Abendmahles Segen,
Den lang' ich nicht genoß, von dir zu lassen.

Alethes.

Nicht anders als im Staub zu deinen Füßen,
Dreifach gekrönter, darfst du uns erblicken.

Benedict und **Hilario** treten auf.

Sylvester.

Du, Benedict? Ja, noch die treuen Augen
Sind das, die liebevoll in meine oft
Geblickt, als wir noch Jünglinge in Rheims
Zuerst den Geist mit Wissen uns genährt.
Hier ist dein Platz! Sitz mir zur Seite, Freund!

Benedict.

So kenn' ich dich seit früh. Der Sonne gleich,
Die selbst im Laub des Baums die kleine Grille
An ihrer Strahlenglut sich laben läßt,
Warst du von je für mich. Nicht ziemt ein Platz
An deiner Seite mir, allein die Gunst
Erbitten möcht' ich, daß Hilario's Dienste,
Des Jünglings, der dir ehrfurchtsvoll genaht,
Du nicht verschmähst. Für deiner Pläne
Vollführung — daß in deinem Geist seit lang
Sie schlummern, wissen wir — zu wirken strebt er.

Sylvester.

Willkommen, junger Mann! Froh macht's den Greis,
In seines Lebens Abendrot zu denken,
Daß nicht sein Werk mit ihm zu Grunde geht,
Nein, frische Kräfte weiter daran bauen.

Hilario.

So schwerer, heil'ger Mann, das Werk, das du
Mir auflegst, ist, so mehr beglückst du mich.

Sylvester.
Mein Benedikt! mein ganzes Innres dir
Will ich erschließen. In den lichten Stunden,
Mit denen ich in meiner Krankheit Nacht
Begnadet worden, hab' ich aus dem Irrwahn
Mich reuvoll aufgerafft, der lange mich
Umstrickt. In Frevelmut, klar ward mir das,
Der Jahre viele hab' ich mich gemüht,
Die Hülle von Geheimnissen zu heben,
Die weise Gott dem Sterblichen verborgen.
Daß mir der Ew'ge noch in seiner Gnade
Die Frist gewähre, meine Schuld zu sühnen,
Fleh' ich ihn an. Herabgestiegen plötzlich,
Ich fühl's, vom Himmel her ist die Genesung.
Von neuer Kraft durchströmt, dem Herren dank' ich,
Der mich so wunderbar gerettet hat.
Doch fremd ist mir die Welt seit lang' geworden,
Die durch den Schleier meiner Träume nur
Ich sah. O Freund, wo beut sich mir ein Feld
Zu großem Wirken, mächtigem Vollbringen?

Benedict.
Erhabener! Ein herrlich Werk, wie kein's,
Seit Petrus seinen heil'gen Stuhl bestiegen,
Hat dir der Ew'ge anvertraut. Nach Rom
Brich auf, und den Apostelsitz besteig'!
Wie ein Orkan tobt's durch die ew'ge Stadt,
Und ob die sieben Hügel nicht der Abgrund
Mit Allem, was darauf, verschlingen werde,
Wie längst geglaubt schon wird, wer mag es künden?
Der Untergang der Welt — so tönt es rings —
War für des Jahrs Eintausend letzten Tag
Von der cumäischen Sybille schon
In grauer Urzeit prophezeit geworden.
Nah ist der Tag, zu allen Thoren drängen

Von allen Erdenenden sich die Völker,
Denn näher, wähnen sie, zum Himmel sei
Von dort der Pfad. In wüsten Orgien tobt
Entfesselt unterdes vom Pincius
Zum Palatin die wilde Erdenlust;
Und, eh das große Dunkel sie verschlingt,
Ausschöpfen wollen Alle in dem Becher
Der Sinnenlust die letzte Hefe noch.
Brich auf nach deinem alten Sitz, Erhab'ner,
Kehr heim nach deinem Rom, darüber hin,
In die Posaune des Gerichtes stoßend,
Des jüngsten Tages Engel schon den Flug nimmt.
Wenn Rettung ist, kommt sie von dir allein.
Der Fasching, den Verzweiflung, Wahnsinn, Mord
Dahin durch alle Straßen führen, wird
Verstummen, wenn der Herrscher wieder da ist.
Und selbst, wenn es des Ew'gen Willen ist,
Daß Untergang die Welt ereilen soll,
In Frieden, mild, vom Abendrot verklärt,
Nach wildem Sturmtag wird sie untergeh'n.

Sylvester.
Ein schwacher Greis bin ich, und Großes noch
Zu wagen, zittert in der Brust mein Herz.
Allein, auf Gott vertrauend, brech ich auf.
Mir ist, als riefen mit Geläut der Glocken
Zu meinem Amt, das ich so lang versäumt,
Der Lateran, all die Basiliken
Und Katakomben mich, drin ich vordem
An den Altären Brot und Wein geopfert.
Du Benedict, du Abt des Paraklet,
Ihr Alle, die ihr meinem Herzen teuer,
Brecht mit mir auf. Schon wenn der Morgen steigt,
In seinen Strahlen sollen uns die Türme,
Kapellen, Kirchen Roms entgegenleuchten!

Achtzehnte Scene.

Großer Platz in Rom. Wildes Gedränge von Volks-
massen in den verschiedensten Trachten. Es ist Nacht.

Einer aus der Menge.

Ist's wahr, was Alle verkünden, und muß
Die Welt in des jüngsten Tages Flammen
Vergehen, warum mit den Meinen beisammen
Nicht blieb ich bis an der Tage Schluß?
Ist's mir verhängt, im Lande der Heiden
Vereinsamt hier aus dem Leben zu scheiden,
Und daß nicht bestattet in heiliger Erde,
Nach Mekka das Antlitz gewendet, ich werde?
La Allah li Allah — ach es ist kläglich —
Fruchtlos betet' ich dreimal täglich.

Zweiter.

Mir wird am Ende ernstlich bang.
Rings reden sie von Weltuntergang.
Da will ich lieber doch bei Zeiten
Mich zum letzten Gange bereiten.
Fort Heiligenbilder, nutzloser Plunder!
Nie hab' ich erlebt, daß ihr die Wunder,
Die man erzählt, vollbracht auch hättet;
Keine Katze vom Tode errettet
Habt ihr. Kommt wieder hervor
Denn meine Götter Odin und Thor!
Du, die an des Mimers Borne

Du die Fäden des Schicksals spinnst,
Leihe mir deinen Schutz, o Norne,
Vor dieses Christengottes Zorne!

Dritter.
Wozu, daß du noch die Würfel schwingst;
Und wenn du die ganze Welt gewönnst,
Was hülf es dir? Doch nicht entrönnst
Dem Tod du! Mit Allen, so Alten wie Jungen,
Vom Erdenboden doch würb'st du verschlungen.

Vierter.
Sprich mir doch nicht von der Hölle Qualen!
Man muß an die Wand nicht den Teufel malen.
Vielleicht wie leere Dünste verpufft
All dieser Schrecken noch in die Luft.

Fünfter.
Was das Gesindel noch jubelt und schwatzt!
Männer und Kinder und Weiber in Herden
Sollten zur Kirche getrieben werden,
Denn nah ist der Tag, wo der Weltbau platzt.
Welch ein Lärmen! Ich fühle Schwindel
Im Kopfe und Dröhnen in den Ohren.
Als quöll' es herauf aus der Erde Poren,
Immer wächst und schwillt das Gesindel,
Von allen Seiten und Weltenenden,
Vom Nord- und Südpol zusammengeschneit.
Der den zottigen Gurt um die Lenden,
Der um die Schultern das Bärenfellkleid,
Der im Kaftan und in schlaffen
Hosen, die um die Beine schlottern!
Wie blöde die Gesellen gaffen
Oder angstvoll Gebete stottern!
Zu lang auf der Welt schon sind sie gewesen,
Und, Gott verzeih mir's, nichts Anderes wert,

Als daß ein ungeheurer Besen
Sie hinweg von der Erde kehrt!
Doch da schwillt es heran noch stärker.
Nicomedes, der Verserker,
Kommt aus dem eisigen Lande der Jüten,
Umringt von Verugern und Gothen und Skythen,
Die jüngst erst bekehrt zu Christen worden
Und ihren neuen Glauben in Morden
Und Sengen und Brennen bekunden. Zum gnädigen
Gott laßt uns flehen, daß sie uns nicht schädigen.

Nicomedes in Mönchstracht mit einem Schwarme Volks, darunter viele Mönche, tritt auf.

Nicomedes.

Buße! Zerschlagt euch die Brüste zur Buße!
Ihr Adamssöhne und Evatöchter!
Der Würger folgt mir auf dem Fuße.
Alle Alter und alle Geschlechter
Zu morden zieht heran Freund Hein.
Hört ihr klappern sein Knochengebein?
Ihr alle geht unter in Sünde und Schmach.
Angebrochen dem frevlen Geschlechte
Der Menschen ist die letzte der Nächte,
Und der letzte der Morgen folgt nach.
Blickt auf! Des Kometen Flammenrute
Seht hernieder zur Erde dräuen!
Beträufen wird er sie mit seinem Blute
Und mit fliegender Asche bestreu'n!
Thut Buße! Statt in der Hölle wird euer
Vielleicht dann ein Platz noch im Fegefeuer,
Und einst nach Millionen Jahren
Könnt ihr empor zum Himmel fahren.
Buße, Buße! Die ihr zu retten
Euch noch strebt, von den Lotterbetten
Rafft euch empor, und die gold'nen Ketten

Sammt Pluderhofen und Schnabelschuhen
Alle holt hervor aus den Truhen;
Auf einem Scheiterhaufen zusammen
Türmt Alles, daß es verzehren die Flammen.
Kein Legat, kein Testament
Gibt's da drüben und keine Pfründen!
Laßt darum uns die Flamme zünden;
Vielleicht, daß wir noch Gnade finden,
Wenn uns're Habe vor uns verbrennt.
Buße! Zerschlagt euch die Brüste zur Buße!
Ihr Adamssöhne und Evatöchter,
Der Würger folgt mir auf dem Fuße.
Alle Alter und alle Geschlechter
Zu morden, zieht heran Freund Hein.
Hört ihr klappern sein Knochengebein?
(Während der obigen Rede haben die Mönche einen Holzstoß aufgetürmt und angezündet, in welchen von allen Seiten Gegenstände geworfen werden.)

Chorgesang.

Brichst du an, o Tag des Zornes?
Zückst du, Herr, das Racheschwert?
Ist in deines Gnadenbornes
Kelch das letzte Naß geleert?

Krachend schließt das Thor der Gnaden
Vor den Sterblichen sich zu,
Und mit Weh und Tod beladen,
Grauser Morgen, dämmerst du.

Und in seinen bleichen Strahlen
Steigt der Würgeengel Chor
Mit den wehgefüllten Schalen
Aus der Unterwelt empor.

Betet, büßet, denn nur kurze
Zeit noch atmet ihr und lebt,

Bis im ungeheuern Sturze
Euch das Himmelsdach begräbt.

<small>Ein Schwarm von jungen Leuten, großentheils Schüler, tritt auf.</small>

Erster Schüler.
Nicht hören mag ich dies Jammern ferner!
Ist's dazu, daß uns Gott erschuf?
Schafft Wein her! Massiker oder Falerner,
Aechten Thränenwein vom Vesuv!

Zweiter Schüler.
Für die von euch nicht hab' ich Respekt,
Die nicht zehn Flaschen die Hälse brachen.
Stoßt an! Ist das nicht ein köstlicher Sekt?!

Dritter Schüler.
Habt ihr Zeit zum Jubeln und Lachen?
Während die Andern, schreckensblaß,
Bald aufstarren, das Haupt bald senken,
Und mit Zittern und Zagen denken:
Der Erde letzte Nacht sei das!
Und sie ist es! Wunderzeichen
Längst hat man gesehen ohne Gleichen.
Stiere, welche Kälber warfen,
Mißgeburten, grause Larven.

Ein Lehrer.
Wahr hat er gesprochen. Ja, so ist es!
Fest steht es, daß an des Jahrtausends Schluß,
Wie zu den Tagen der Sündflut, wißt es,
Der Mensch und die Welt vergehen muß.
Nur noch ein ungeschlachter Klumpen
Bleibt von ihr übrig, ein wüster Brei;
Und Alles, Alles ist vorbei!
Aber was hilft's! Schafft volle Humpen!
Mag untergeh'n auch das Menschengeschlecht,
Wer einen tüchtigen Rausch sich gezecht

Und trunken am Boden liegt, wie sollt' er
Vernehmen das Weltuntergangsgepolter?

Calixtus.
Stoßt an, ihr Alle! Soll's wirklich enden,
Und sollen nie aus Männerlenden
Mehr Kinder entsteh'n, so ist's das Gescheidt'ste
Uns drein zu fügen. Was auch reizte
Einen von uns zu leben auf Erden,
Wenn alle die Andern die Hölle verschlungen?
Und Trost biet's euch, ihr Alten wie Jungen,
Es wird mit der Hölle so schlimm nicht werden.
Man gewöhnt sich an Alles; so wird's uns Allen
Drunten endlich ganz wohl gefallen.

Cyrill.
Wollen meine Augen mich äffen?
Das nenn' ich ein hübsches Wiedertreffen!
Kennst du aus Tiburs Klosterschule
Mich nicht mehr? — Ach! lang her ist die Zeit —
Wo an deiner Seite ich saß auf dem Stuhle!
Nun thu mir auf diesen Becher Bescheid!
Vom nächsten Morgen an, ich denke,
Rücken wir vor auf höhere Bänke.

Calixtus.
Stoß an! Daß im Zodiakus
Wir morgen wieder bei Weingenuß —
Nur nicht im Wassermann oder den Fischen —
Sitzen an weingefüllten Tischen!

Cyrill.
Kann es sein, sag an, Calixt,
Ist es nicht Bruno, den dort du erblickst?

Bruno und Rufus treten auf.

Rufus.
Was, bist du entsprungen deiner Klause?

Bruno, Bruno! kehr mit mir nach Hause.
(Für sich.) Der Irrsinn treibt wilder, immer wilder
Ihm durch's Gehirn hin wüste Bilder.

Bruno.
Ihr nach, ihr nach! Im Winde wallen
Seh ich Cäcilia's weißen Schleier.
Ich höre die Festpokale schallen;
Ja, das ist unsere Hochzeitsfeier.
Wer sagt, sie sei auf dem Scheiterstoß
Gestorben, in den lobernden Flammen?
Sie lebt, sie lebt! Der Herr ist groß!
Und ewig nun bin ich mit ihr zusammen.

Rufus.
Komm, Bruno, bei diesen wilden Gesellen
Ist nicht dein Platz; wenn bei dem gellen
Lachen — mir selbst will's die Sinne verwirren —
Die Gläser an einander klirren,
Ist mir, als ob ich würde zum Irren.

Chorgesang.
Gießt, gießt in die Becher
Den feurigen Strom!
Geht unter die Welt auch,
Doch ewig steht Rom!

Da grünend schlingt sich
Um's Haupt uns der Kranz,
Und fröhlicher schwingt sich
Der Reigentanz.

Klar strömt in die Becken
Der Wogen Krystall
Und rauscht und murmelt
In ewigem Fall.

Führ' Bachus den Vorsitz
Beim Gastgebot,
Indes wir singen:
Was willst du uns, Tod?

Calixt.

Gruß, Bruno! Erkenn' den alten Kumpan,
Dem oft du in Tibur Bescheid gethan,
Wenn an des Anio Sturz wir saßen
Und Zeit und Welt um uns vergaßen.
Das ist von diesem Säculum —
So hör' ich von allen Seiten sagen —
Nein, von sämmtlichen Erdentagen
Der letzte, vergönne mir drum,
Daß vor dem Untergang der Dinge,
Eh Donnergepolter den Sinn betäubt
Und Alles in's alte Chaos zerstäubt,
Ich noch einen Toast auf dich ausbringe.
Hoch deine Dame! Daß eine du liebst,
Und nicht in platonischer Tugend dich übst,
Ist, wenn du Verstand hast, selbstverständlich.
Stoß an mit mir! Nun, wird es endlich?

Bruno.

Ja! In des Pokales Rundung laß die gold'nen Wogen
        rollen,
Aus des Himmels reinstem Aether scheint die klare
        Flut gequollen.
Du, Cäcilia, mußt ihn weihen! Dann laß im Verein
        uns trinken,
Und in Wonnetaumel jeden an die Brust des Andern
        sinken.
Hör der Zither und der Flöte und der Cymbeln
        Feierklänge!
Mädchen nah'n im frohen Reigen und sie singen Braut=
        gesänge.

Ja, sie kehrt, sie kehrt uns wieder, uns'rer Jugend
    schönste Stunde,
Und Unsterblichkeit des Daseins schlürf' ich, Weib,
    von deinem Munde.
Tod, was willst du uns? Die kleine Erde drunten
    mag versinken,
Während aus des Himmels höchsten Himmeln ew'ges
    Sein wir trinken.

Chor von Mädchen.

Sei, Jüngling, froh! Das Leben lacht dir noch in
    reinstem Glanze,
Das Haupt schmückt jede Stunde dir mit vollem Blüten=
    kranze.
Sei für die Welt in dieser Nacht die Frist auch hin=
    geronnen,
In dieser letzten schöpf ihn aus, den Becher aller Wonnen!
An ihrer Brust zu ruh'n, erließ die Schönste dir der
    Schönen!
Laß uns, indes ihr euch umschlingt, eu'r Haupt mit
    Rosen krönen.
Und ihrer Kelche, wie mit Duft und Klang sie sich
    erschließen,
Mag Himmelswonne jeglicher auf euch herniedergießen.
Wenn dann im blassen Dämmerschein anbricht der Tag
    der Schrecken,
In Wonnetaumel magst du dich zum ew'gen Schlummer
    strecken.

(Sie tanzen um ihn.)

Bruno.

Nein! Zerschmettert auf des Bodens Steinen liege
    der Pokal!
Statt der Rosendüfte walle Staub und Asche durch
    den Saal!
Tief im dunklen Erdenschoße liegt Cäcilia auf der Bahre,

Und des Grabes Totenwürmer spielen mit dem gold'nen
      Haare.
Nein! Was träum' ich? Nicht des Grabes sel'ge
      Ruhe ist ihr worden:
Henker, die sich lang gestritten, wer am schlimmsten
      könne morden,
Rissen sie hinweg und lohe Flammen haben grauenvoll
Sie verschlungen. — Ihr! was steht ihr da und
      flüstert, ich sei toll?
O daß ich es wäre! Nicht dann zischten ewig grausenhaft
Im Gehirne mir die Flammen, welche sie hinweggerafft.
Komm und schlinge mich hinunter, schling hinab mich,
      letzte Nacht,
In den ungeheuren Abgrund, drin das All zusammen=
      kracht!
(Er stürzt wie leblos zusammen, während Rufus ihn zu halten sucht.)
  Ein Chor von Geißelbrüdern tritt auf

Chor der Geißelbrüder.

Büßet! Laßt, eh das Dunkel entfloh'n,
 Die Geißelhiebe nicht stocken.
Büßet! rings durch das Dunkel schon
 Hallen die Sterbeglocken.

Die Säulen, die trugen das himmlische Dach,
 Werden zusammenbrechen,
Und Sonn' und Sterne, ihnen nach
 Stürzen herab in Bächen.

Büßt, Brüder! Dort schon bleich und fahl
 Dämmert des Morgens Schimmer:
Bald sinken bei seinem letzten Strahl
 Erde und Himmel in Trümmer!

Neunzehnte Scene.

Offene Halle der Apostelkirche in Rom auf einer Anhöhe mit Ausficht auf Rom. Oben in der Wölbung die Statuen der vier Evangeliften. Es ift früher Morgen.

Hilario, Benedict, Rufus Bruno führend, Kirchendiener.

Hilario.
Bald naht der heil'ge Vater. Ordnet rings
Die Sitze am Altare für das Hochamt.
Die Fügung preif' ich, Rufus, daß wir Bruno,
Den Unglückfeligen, mit dir getroffen.
Im Volksgewühl, das durch die Straßen sich
In wirren Maffen wälzt, leicht könnt' ihn Unheil
Ereilen. An der Säule auf die Bank
Dort bett' ihn hin und laß zu Gott uns fleh'n,
Daß aus des Wahnfinns Nacht er ihn erlöfe.
Hierher, ehrwürb'ger Benedictus, tritt
Und wirf den Blick hinab auf's große Rom,
Das unter uns, unendlich ausgedehnt,
Im Morgendämmern aus der Tiefe taucht.

Benedict.
Dem Herren, der mich diefe große Stunde
Erleben läßt, fei Dank! Die Sorge, die
Sich atemhemmend in die Bruft der Welt
Geklemmt hat, scheint von ihr hinweggewichen,
Wie fich des kommenden Jahrtaufend Frührot
Hoch, höher steigend, auf die Tempeldächer,

Der Märtyrer und der Apostel Bilder,
Die kreuzgeschmückten Kirchen und Kapellen,
Der Erde größte Heiligtümer, legt.

Hilario.
Und dennoch angstgequält in wilden Schaaren
Wälzt durch die Straßen sich die Menge hin;
Ein wogend Heer von Menschen scheint die Stadt
Bis fernhin, wo in der Campagna Dunst
Sie sich verliert. Auf zu den Hügeln klimmt
Und zu den Höh'n das Volk im Wahn, daß dort
Ihm läng're Frist zum Atmen sei gegönnt.
An Gnadenbildern hängen festgeklammert,
Mit Armen sie umschlingend, Andere.
Und hoch empor die Kinder haltend suchen
Vergebens Weiber in die Kirchen Eingang,
Die übervoll von Menschenmassen sind.
Selbst bis zu dieser Halle drängt empor
Der Schwarm sich. Wachen, haltet frei die Gänge
Für Papst Sylvester, der nicht fern sein kann.

Benedict.
Nun schallen alle Glocken von den Türmen.
Es tönt, als sei's das Grabgeläut der Welt,
Und Miserere, Miserere hallt's.
Da — was zum Himmel schauen Alle auf?
Nachtschwarz von Westen her schwebt eine Wolke
Hin über Rom und wirre Rufe hört man:
„Erkennt ihr ihn? Des Weltgerichtes Engel
Ist es! Des jüngsten Tags Posaune, seht,
Schon setzt er an den Mund!" Nein, Herr, ich weiß,
Du bist gerecht, doch mild zugleich.

Hilario.
       Hört, hört!
Herauf vom Fuß des Hügels schallt Musik.
Der Retter Rom's, der heil'ge Vater naht.

*Musik. Papst **Sylvester** mit Gefolge. **Alethes**, Abt von Paraklet, **Abu Johar** treten auf; die ganze Halle füllt sich mit einer großen Menschenmenge.*

Sylvester.

Vernehmt, ihr Alle, die ringsohin geschart
Ich um mich sehe: Auf des Herrn Gebot
Bin ich in eure Mitte heimgekehrt,
Euch und dem Erdkreis, dessen Mutter Rom ist,
Den Trost zu bringen, deß er lang entbehrt.
In heiligem Gesicht ward mir verkündet:
Nicht untergeh'n, wie blinder Wahn geglaubt,
Soll diese Welt. Nein! Herrlicher und größer
Mit dem Jahrtausend, welches heut beginnt,
Erschließen wird sie sich. Zu Höhen führen
Wird Gott den Menschen, wie im Traume selbst
Es der Gewes'nen keiner noch geahnt.
Und wo sonst Haß und blinder Glaube herrschte,
Soll nun die Liebe und die Weisheit walten.
Mag wiederkehren kurz das Dunkel noch,
Doch immer neu ringt sich das Licht empor.
Und ich, soviel an mir ist, hier gelob' ich's:
In der Apostel Geist, die über uns,
Verklärt vom Morgenlichte, in der Wölbung
Der Halle leuchten, dies mein Amt zu führen.
Gleich denn verkünd' ich hier: Jedweder Priester
Sei wieder frei nach alter, heil'ger Sitte,
Das Weib zu küren, das ihm teuer ist.

Bruno (erhebt plötzlich sein Haupt und sinkt auf die Kniee).
Cäcilie, zu dir! Nun laßt mich sterben! (*Er stirbt.*)

Sylvester.

Ihr Freunde, laßt zum ersten Male nun
Mich wiederum das Hochamt feiern. Horch!
Welch himmlische Musik ertönt dort oben?
Mir ist, mit meiner Sänger Chören einten

Die Stimmen der Evangelisten sich,
Die hoch herabschau'n von der Wölbung droben.
(Während **Sylvester** die Messe liest und Alle niederknieen, ertönt von oben aus der Wölbung Gesang.

Chor der Evangelisten.

Stimmt an der Zukunft hohes Lied, Gefährten,
Der hehren, deren Schein schon im verklärten
Lichtglanz auf euren Stirnen liegt.
Der Strom der düstern Jahre ist verronnen
Und leuchtend bricht ein andrer aus dem Bronnen
Der Ewigkeit, der nie versiegt.

Durch's Weltall hin, als Hüter der Geschicke,
Gleich Adlern gleiten lassen wir die Blicke
Und rasten nicht in unserm Amt,
Sei's daß die Nacht sich auf die Erde senke,
Sei's daß der Tag sie mit dem Lichte tränke,
Das her vom Thron des Ew'gen flammt.

O, lang und düster waren uns're Nächte,
Als Gift der Angst und Sorge böse Mächte
Uns tückisch in den Kelch gemengt,
Als unsern Meister Priester selbst verhöhnten
Und noch einmal sein Haupt mit Dornen krönten;
O, Schweres war uns da verhängt!

Doch heller, heller stets bricht seine Lehre
Nun aus dem Dunkel; über ferne Meere
Seh'n ihren Glanz wir leuchten schon.
Die Henker und die Schergen flieh'n von dannen,
Und auf dem Schutt von Schlössern der Tyrannen
Hebt sich die Freiheit auf den Thron.

Rafft auf euch, Sterbliche, aus euerm Wahne!
Nur als Sekunde zählt nach Gottes Plane

Die Zeit, die schon der Mensch gelebt.
Der Raum beut seine grenzenlosen Zonen
Euch bar, die Zeit Aeonen auf Aeonen,
Auf daß ihr hoch und höher strebt.

Lebendig wird vor euch sich offenbaren,
Was Keine schauten, welche vor euch waren,
Noch je geahnt eu'r wild'ster Traum.
Und aus den Himmeln, die sich um euch häufen,
Wird höh'res Licht zu euch herniederträufen
Fern von des Weltalls letztem Saum.

Die Schleier alle werden vor euch fallen,
Die jetzt noch trüb' vor euren Blicken wallen.
„Ein Wahn nur ist die Totengruft,“ —
So denkt und legt getrost euch auf die Bahre —
„Ein neues folgt dem alten Weltenjahre,
Das uns zu neuem Leben ruft.“